大地万物

严苏 /著
崔成雨 /绘

母亲生我,大地养我。书写大地,铭记母恩

復旦大學出版社

母亲生我,大地养我
书写大地,铭记母恩

目录

归园田居 001

土地　　泥土　　地气　　村庄
地界　　古槐　　老屋　　日子
小河　　池塘

万物为友 025

鸡　　　鹅　　　鸭　　　猪
羊　　　兔子　　猫　　　狗
马　　　驴　　　牛

乡居词典 055

犁　　　碓　　　石磨　　场
独轮车　草篓　　菜园　　粮仓
锅灶

草木生香 083

菱角　　慈姑　　荸荠　　芦苇
蒲草　　茅草　　巴根草　艾草
马齿苋　菊花脑　灰条菜　枸杞

桃树	杏树	枣树	梨树
苹果	柿树	银杏	猕猴桃
葡萄	核桃	栗子	桂圆
榆树	桑树	杨树	柳树
杉树	楝树	松	竹
梅	兰花	菊花	水仙
万年青			

飞禽海错　　　　　　　　　159

蚕	蜜蜂	压压油	知了
喜鹊	燕子	布谷鸟	麻雀
黄鹂	百灵鸟	画眉	相思鸟
鹦鹉	鸳鸯	乌鸦	蝙蝠
咕咕鸟	鸽子	啄木鸟	猫头鹰
雄鹰	大雁	鱼鹰	鹭鸶
鱼	螃蟹	虾	螺蛳
河蚌	青蛙	蟾蜍	

一饭一蔬　　　　　　　　　227

小麦	水稻	玉米	高粱
豆子	花生	芝麻	山芋
土豆	南瓜	冬瓜	丝瓜
黄瓜	苦瓜	香瓜	西瓜
葫芦	瓠子	栝楼	人参
天麻	茯苓		

归园田居

土地

土地宽厚、博爱，你付出汗水，它回馈五谷。

土地也讲平等，你疏远它，它就怠慢你。

所谓"人勤地生宝，人懒地长草"是也。

一户人家日子滋润、丰衣足食，那么这户人家的土地必定肥沃；反过来，土地贫瘠，庄稼长势不好，土地的主人无疑是个懒汉，日子也捉襟见肘。

故乡的土地是黄河夺淮时留下的，多盐碱。盐碱地不长庄稼，生盐霜。盐霜白白的，似雪如絮，大风吹来，腾起一片白雾，迷眼睛、呛鼻子。晴天，农人挥帚扫起盐霜，放入缸中，沥下的水就是盐卤，盐卤可以晒盐。卤水点豆腐，过年用得上；盐做菜烧饭，三餐必备。

卤水、盐虽有用，但不能当饭吃。

春天，深耕细作的盐碱地终于冒出新绿。新绿不是嫩芽，而是茅草。茅草细小柔弱，一副营养不良的样子。有风吹来，茅草东倒西歪，像孤苦无助的孩子，看着心疼。

农人的日子不好过。

穷则思变，想到旱改水。

沉睡百年的土地一夜苏醒。旱改水当年，水稻长势良好。农人看着绿油油的水稻苗，像做梦。

"是真的吗？"农人自问。

用手触摸，嫩苗像婴儿的小手，细腻、柔嫩，让人怜爱。

"是真的，千真万确！"农人自答。

春去夏来，夏走秋至，当缕缕秋风吹黄大地时，稻穗如害羞的孕妇，谦逊地垂下头。

稻穗深情地对土地说："是你哺育了我！"

土地说："我做了千年长梦，是农人把我唤醒，我感谢他们！"

稻穗说："如此说，我也要感谢农人了？"

土地说："是的！"

土地

泥土

泥土

泥土仿如母体，谦和、包容、仁爱，它的职责是孕育生命。

有一种泥土不接纳种子，亦不孕育生命，这种泥土，被孩子们称作油泥。

油泥藏身于池塘边、河岸旁，用锹挖去熟土便现出身来。

所谓熟土，是见过阳光，经过风雨，可长庄稼的泥土。

油泥色如古铜，挖出时如死面疙瘩，缺少韧性，一番摭揉、抟弄就醒了，也软了。此时的油泥柔如活面，是制作玩具的上好材料。

油泥是孩子们的最爱，整个夏季，他们都在阴凉处玩弄它——

捏只小鸡喔喔叫，

捏只小鸭嘎嘎嘎，

捏只小鸟唧唧喳，

捏条小猫捉老鼠，

捏条小狗看家门。

聪明的孩子找来铁丝，把玩具肚子里的泥掏空，待油泥干了就成了乐器。

油泥让孩子们动手又动脑。

农村的能工巧匠多，油泥功不可没。

天造万物，万物皆有用。

地气

地气

地气就是土地的气味。

好比人,男人有男人的气味,女人有女人的气味,老人有老人的气味,孩子有孩子的气味。

土地袒露胸怀,你走近它,它的气味扑面而来。

同一片土地,生长的植物不同,散发出的气味也不同——

生长树木,土地散发草叶腐烂的气味;

生长稻谷,土地散发粮食醇和的气味;

生长瓜果,土地散发熟果香甜的气味;

生长牧草,土地散发牛羊腥臊的气味;

生长草药,土地散发苦药辛辣的气味;

……

生长相同植物的土地,白天与夜晚的气味不同,晴天与雨天的气味也不同。

一个与土地打交道的人,哪怕蒙上眼睛,鼻子嗅一嗅,也能说出土地里长的是什么庄稼。

走近土地,才会熟悉土地;亲近土地,才会了解土地。

反之亦然。

土生万物,人吃五谷。

五谷是脐带——人与土地生命同体,骨肉相连。

村庄

村庄是家的家,家是人的家。

家为泥土所垒。

一个村庄里住着多户人家,户连户、家挨家,多为同一姓氏。

村庄里的人靠土地生存,日出而作,日落而息。

一个孩子降生,先吃母亲的乳汁,后吃土生的五谷。

孩子渐长渐大,长大便要成家。

成家就是另一户人家,像他的先辈一样在土里刨食,繁衍生息。

先辈们有的一生没离开过村庄。村庄是根,田是人生半径,两点一线,一辈子绕着村庄转。

晚辈说:先辈目光短浅,走远了会迷失方向。

先辈闻后笑而不语。

晚辈想离开村庄,过与先辈不一样的生活。

结果是出去了又想念村庄,梦里醒来再难入眠。

何因?

走出去的人说:外面的世界很繁华,那不属于自己。

言由心生。

每逢佳节,车站、码头、机场那些匆忙的脚步、攒动的人群,有几个不是回村庄的人?

村庄

地界

地界是分界线,是两块地的分水岭。

原本是一块地,祖宗创下的产业。

儿子大了。男大当婚,婚后成家。祖宗把一块地分成两块,在中间立地界,地界左边归老大,右边属老二。祖宗想,有地界隔着,在未来的岁月里,兄弟俩定会和睦共处,安心在土里刨食。

祖宗的愿望虽好,但岁月漫长,兄弟俩的关系仿如舌头和牙齿,摩擦不断磕碰常有。都是种田汉子,心里不存事,耕地时犁铧偏了线,越了界。越界就是侵犯,就是挑衅。两兄弟先是口战,后是拳头,再后是器械。

祖宗不会想到,有了地界,同胞兄弟还会起纷争。

矛盾总要解决,解决的依据还是地界。

地界是祖宗立下的,于后人说,它就是铁律。

年月如梭,当年的老大、老二已是中年人,儿女也长大成人,到分灶吃饭的时候了。

老大、老二仿效祖宗的做法,把自己耕作的土地分开,中间立上地界。

儿子们在父辈划定的界域里耕作,繁衍生息。

纷争难免,矛盾最终还是化解了。功劳归于地界。

地界,一部民间的无字法律。

地界

古槐

古槐长在村口，干粗如桶，冠似巨伞，如一朵云撑在半空。它是村庄的标记，出远门的孩子只要看到这朵云，就能找着回家的路。

没有人说得清古槐的年龄，村里的老人说从他们记事起，古槐就是这个样子。如此说，古槐超过百岁。

百岁，一个世纪。

人们说，人老成精。

其实，树老也能成仙。

仙者，万能也。

古槐的冠可遮阳、能挡雨，是全村老少聊天、玩耍的好场所。

古槐通身是宝，叶和皮能消肿止痒。谁家孩子遭毒蚊叮咬，痛痒难耐，大呼小叫，大人闻之不慌不忙地走向古槐，或捋一把叶，或掰一块皮，放水中煮沸，水冷后为孩子清洗，不多时痒消痛止，见效比药还快。孩子的脸，六月的天，这时的孩子由哭转笑，撒开脚丫玩耍去了。

古槐像磁铁，有着巨大的吸引力。夏日夜晚，男男女女丢下饭碗，踏着月光走向古槐，三人一伙五个一群，大摆龙门阵，张家长李家短地侃说起来。古槐像位长者，用枝叶做屏障，为来者驱蚊逐虫。

月亮由低而高,已越过头顶,古槐的影子也已换了方向。

有人打起哈欠。

夜已深,到睡觉的时辰了。

世间没有不散的宴席。

好在过了今天还有明天,明天过去后天又来,日子长着呢。

离开时,人们恋恋不舍,自觉不自觉地抬头瞅望古槐,心里想的都是古槐的好。

有风吹来,古槐的叶子沙沙作响,好像对村民说:"我们同一片蓝天,共一方热土,我所做的,是对脚下这片土地的回报。"

古槐

老屋

老屋年过半百,是人,已是知天命的年纪。

人说3岁记事。盖老屋时我恰好3岁,我清楚地记得上梁时好多孩子哄抢糕果的情景——鞭炮在大梁上响起时,我跟着人流往前冲,父亲一把拉住我,摇头说:"不抢!"我收回脚,明白这是自家盖新屋,要发扬风格,好东西给别人抢,给别人吃,只得挺一挺身子,目不转睛地看着眼前的热闹场面。毕竟是孩子,难敌美食诱惑,我满口生津,馋涎欲滴地站在原地,看着抢到美食的孩子欢天喜地吃糕啣糖,涎水湿了衣襟……

这个画面定格在我的脑海里,至今不忘。

时光如水,日月如梭。

老屋在时光流逝中渐显老态——屋角悄生的青苔、墙面剥落的灰土、屋顶葳蕤的青草,成了它沧桑容颜的真实写照。

树高分叉,鸟大离窝。

我18岁那年离开老屋,到外面闯世界。离开那天,父母站在门前目送我,手摇得像一面旗。那旗是送行,也是召唤。

时隔几年,我回去看望父母,走近老屋,感觉像走错了地方。放眼四看,眼前却都是我熟悉的。我不再怀疑,一步步走近老屋。我凝视老屋、阅读老屋,第一次发现老屋矮小、瘦弱、衰老,似乎轻轻一推就会坍塌,我的眼睛湿润了。

父母从老屋出来,见是我,拉着我进屋去,走得急,头"咚"

地撞在门框上。母亲看到,用手拍打门框,责问道:"这就是你的见面礼?"

门框无语,老屋无言。

我没有责怪老屋。我想老屋在提醒我,让我别忘了它。是啊,老屋庇护我 18 载,冬给我温暖,夏给我阴凉,夜给我美梦……如今它老了,我不能疏远它,更不能嫌弃它!

几年后,我的父母迁居南方,临走时将老屋的钥匙交与我。钥匙虽小,责任却大 —— 我知道照看老屋的重任已落到我的身上。

我不敢懈怠,隔些时日就回去,打开老屋的门,推开老屋的窗,让屋顶呼吸新鲜空气。老屋漏了我修葺,墙壁破损我维护。

奔波虽苦,但也有收获 —— 我是个写作者,每当写起乡村生活、四季农事,总有说不完的话。

我明白,父母让我照看老屋,其用意是要我不忘故土。不忘故土,也就亲近了那方土地。

那方土地是我的根,更是我生活的源头活水!

老屋

日子

日子是什么？不同年龄的人有着不同的理解：爷爷们的理解是烟荷包，烟荷包装满烟丝，日子就富足；奶奶们的理解是针线匾，匾内塞满各色布头，日子就殷实；爸爸们的理解是风调雨顺和庄稼长势；妈妈们的理解是囤里的粮食和孩子们的新衣；孩子们的理解是鞭下的陀螺和滚动的铁环。

太阳走出地平线，渐渐升高，由东向西，在湛蓝的天空里缓步而行，走入地平线，日子就静静地安放在大地上。鸡和鸭唱着歌回它们的家；猪享受过晚餐，打个哈欠，舒服地躺下，许是吃得太饱，刚睡一会又爬起，换成趴的姿势；牛和羊像哲学家，眯着眼，在反刍胃里的食物……

昨天、今天、明天……

岁月静好，安谧祥和。

人老觉少。

爷爷说："天短了。"

奶奶说："夜长了。"

吃完饭，老两口一前一后走出门，到古槐下和老伙计们拉呱聊天，待夜深时再回屋睡觉。

爸爸在院子里拾掇，妈妈在灶屋里洗刷。正是农忙时节，忙碌一天，累了，想即刻上床。床是加油站，一觉睡醒，力气就有了。

孩子们精神好着呢,想去古槐那里玩耍,伸头张望,路上静悄悄的,没个人影,赶紧缩回头。鬼故事精彩,但听多了也有坏处。那就上床吧,夜里多做几个梦,梦里可以尽情玩耍……

日子

小河

小河是一把独弦琴,铮铮淙淙,昼夜不歇地弹着歌。听着歌,两岸的柳绿了,草青了;听着歌,小麦葳蕤拔节,秧苗抽叶长高……

小河这把独弦琴演奏的歌四季不同,村庄里的男男女女,甚至孩子都听得出——

春,活泼驰荡;

夏,激越澎湃;

秋,雍容大度;

冬,静谧滞缓。

日复一日,年复一年,小河不知疲倦地弹奏着这首不老的歌,高粱听得醉红了脸,稻谷听得乐弯了腰。

孩子们也是歌迷,借割草之名,常溜到河边听歌、垂钓、玩耍。

小河上有座石拱桥,把两岸紧紧地连在一起。

男人劳作归来,跨过石拱桥,会掬水洗脸,让自己清洁起来。鱼虾胆小,见了男人忙把身子藏进水草,眼睛贼贼地盯着水面,直到男人离去才会出来。

姑娘爱美,经过小河,以水为镜,对着河水打量自己。姑娘的身影倒映在河水中,有风吹来,长发水草般地舞动起来,鱼虾纷纷游来,把"水草"当作新的栖身场所。

河水清清,"水草"狂舞。

小河是村庄的血脉。河水长流,村庄不老!

小河

池 塘

池塘是大地的眼睛，芦苇是它的睫毛。风吹苇动，池塘忽闪着眼睛，看天空飘动的白云、飞翔的小鸟，还有来池塘担水、洗菜的农人。池塘有一颗好奇心，连来池塘边喝水觅食的小鸡、小鸭也要瞧一眼。

池塘与村庄相依，每个村庄前都有一口池塘。

池塘蓄水，供农人饮用。

池塘的水不会枯竭，白天取水多，水浅下去，夜里又会渗出来，清凌凌的，还是昨日模样。

水是大地的乳汁。大地不老，乳汁不竭。

夏季雨水充沛，水位上涨，池塘长成双眼皮，变得美丽妖娆，诱惑村庄里的孩子们。

孩子们没记性，见了汤汤一池水，早把父母的嘱告抛至脑后，一个个溜出来，褪去衣裳，急不可耐地蹦进水里。

我也是那群孩子中的一员。可是我既不会狗刨，也不会仰泳，入了水就往下沉，直至塘底。我睁开眼，眼前一片浑浊，如在母亲的羊水中。

我呛水了！

我在挣扎，求生的本能驱使我不停地划动四肢。说不清过了多少秒，我感觉浑身的力气已消耗殆尽，正不知如何应对时，脚触到了实处——我游到了浅水区。

自救成功了!

我瘫坐在池塘边,一口一口地吐口水。小伙伴们不知道我遇险,他们在池塘里向我招手,要我与他们一同玩耍。

一次遇险让我意识到,不会游泳就亲近不了小伙伴,也与池塘有了距离。于是当池塘里的水变浅时,我独自下去,从狗刨学起。

功夫不负有心人,几天练习,水接纳了我,划动四肢,池塘里多了个戏水的少年。

故乡的池塘如烧饭的锅,坡缓底圆,便于淹水的孩子自救。这是挖塘人的智慧。

池塘

万物为友

鸡

鸡

论形体,它不如孔雀俊美;

论羽衣,它不如鸳鸯亮丽;

论体态,它不如天鹅雍容;

论鸣声,它不如黄鹂婉转……

但人类对它的感情极为特殊,特殊到十二生肖给它留下一个席位,而且是禽类中的唯一席位。

它——就是鸡。

鸡对人类的生活有着重要影响。

古代没有计时钟表,古人把鸡鸣当作时钟,鸡鸣,表明新的一天已经到来,于是起身劳作。现在农人还保留着这个习惯,鸡鸣即起,不敢怠惰。

有关鸡的成语很多——

闻鸡起舞、鸡鸣而起、鸡犬不惊、鸡犬桑麻、家鸡野雉、金鸡独立……

有关鸡的风俗,不同民族、不同地域不尽相同——

中原地区有"抱鸡"婚俗。姑娘出嫁,家里挑一男童怀抱母鸡送亲。鸡与"吉"谐音,"抱鸡"即为"抱吉",喜气、吉利。

土家族视踢毽子为"踢鸡"。春节时,男女青年一起"踢鸡"。"踢鸡"是一种趣味游戏,男女互动,此游戏渐渐衍化成谈情说爱的媒介。

旧时结拜兄弟时，为表示亲如手足，有福同享，有难同当，结拜者当场宰杀雄鸡，在酒碗里滴上鸡血，对天发誓，然后将掺有鸡血的酒一饮而尽。

……

传统文化中，龙和凤是神化动物，而凤的形象则来源于鸡。

鸡对人类如此重要，按说该成为宠儿。然而事实并非如此，一段时期，鸡惨遭灭顶之灾，几近灭绝边缘。

那是上世纪六七十年代，全国刮起割"资本主义尾巴"之风，农村也不例外。所谓"资本主义尾巴"，指的是能转化为其他物质或金钱的东西。公鸡能转化为金钱；母鸡产蛋，蛋能兑换柴米油盐、日杂用品——前者金钱，后者物质，当属"资本主义尾巴"，是尾巴就要割除。鸡最终没有灭绝，是那些胆大心细者保护的结果。

历史翻去旧的一页，时下养鸡者甚多。农人饲养，是产业，为市场提供蛋与肉；城里人饲养，是宠物，也是保留对逝去岁月的一种残存记忆。

鹅

鹅血统高贵，它的祖先是雁，成为鹅，是人类驯养的结果。雁在天上飞，鹅在地上走。鹅的心在蓝天，即便行走也是昂首挺胸、威风八面，民间俗语所谓"宁倒酱缸，不倒酱架"是也。

鹅活在自己的精神世界里。

精神不倒，大地也是蓝天。

鹅体态端庄，举止儒雅，羽毛洁静，鸣声洪亮。善游泳，静像处子，动如龙舟。主食青草，也吃谷物、蔬菜，不损庄稼。耐寒、合群、抗病、生长快。投入小、见效快，极易饲养，是最受农人喜欢的家禽之一。

鹅识人，表现在见了熟人很少出声，生人上门则敞开喉咙，大声鸣叫，以示警告。如果此人不及时停步，鹅会勇敢地冲上去，用嘴喙啄击，用翅膀扑打。有的人家养鹅，为的就是看家护院。

鹅明路，出门不会丢失。人类用其所长，将它与鸭混养，放牧时让鹅当"领头羊"，不用人看护。鹅迈着优雅的步伐，不急不躁地走在前面，鸭晃着身子步步紧跟，鹅说鹅话，鸭说鸭语，嘴巴不停，觅食、戏水、憩息，傍晚回家，从不出错。

鹅悠闲、自然、大气，古代书法家王羲之爱鹅，他认为养鹅可以陶冶情操、给人启迪。他从鹅的体态以及行走、戏水姿势中受到启发，领悟出书法执笔、运笔奥妙。毫不夸张地说，王羲之的书法成就与鹅有着极大的关系。

唐代诗人骆宾王所作《咏鹅》——"鹅,鹅,鹅,曲项向天歌。白毛浮绿水,红掌拨清波。"已走进低年级课本,蒙童都会背诵。人、鹅之情,从童年开始。

鹅

鸭

鸭子行动笨拙，步态蹒跚，走路一摇二晃，感觉像个老者。仔细观察不难发现，鸭子的身体极不对称，腿不是位于身体中部，而是长于后方——它用此姿势行走，为的是保持平衡。

这是造物主的错。

鸭子本是飞禽，它的祖先绿头鸭，同大雁、天鹅习性相近，关系密切，它们一道觅食，一同迁徙，春天从南方飞到北方产卵，秋天飞往南方越冬，蓝天刻下它们的身影，大地留有它们的足迹。沧海桑田，瞬息千年，绿头鸭经人类驯化，渐渐丧失迁徙能力，从飞禽沦为家禽。

这是人类行为，鸭子也有不可推卸之责。

繁衍是万物本能，物种不灭，靠的是一代代繁衍生息。鸭子本会孵蛋，人类为了获取更多的蛋，不让它停产抱孵，天长日久，鸭子失去孵蛋的本领，繁衍依赖人类。此种行为，可算物种奇葩。

这是鸭子的错。

鸭子食性广、食量大，青草、野菜可以入口，植物的叶、果也是食物，最爱吃的是各种虫卵、爬行昆虫和水里的鱼虾、螺蛳。

鸭子下水如进欢乐场，在浅水区捕食小鱼、小虾，在深水区寻觅螺蛳。鸭子善于潜水，一个猛子扎下去，出水时就有了收获——脖颈处有一个球状物正慢慢往下移动，此物即是螺蛳。看者心惊肉跳，鸭子却很受用。螺蛳不见了，鸭子一个猛子又扎进水里……傍晚时分,鸭子出水上岸,嗉囊下沉,身子像葫芦,举步维艰,跌跌撞撞地走在回家路上。

吃得多,长得快,长大的鸭子自然成了人间美食。

鸭子之错,错在贪口。如果不贪口,人类就难以捕捉。退一步说,即使被捉到,人类驯养也不改本性,就不会沦为家禽。

世间没有如果,如果有,历史都将重写。

鸭

猪

猪为五畜之一,十二生肖排列末位,称之为亥。

末位,看似垫底,实为压阵。

猪憨厚、温顺,是最好接近的家畜,农人家家饲养。缺点是贪嘴,成年猪一顿要吃一盆食,少一口不自在。猪受不了委屈,饿了就拱门,还哼哼唧唧地叫唤,一副大闹天宫的样子。农村孩子常与猪打交道,对猪的特性了如指掌,听见猪拱门,割把野菜扔进圈里。猪对孩子也了解几分,几口吃下野菜,不见下文,又开始拱门。这次用的是猛力,门左右摇晃,岌岌可危,眼看要被拱坏,大人回来了。猪要的就是这效果——大人最见不得猪叫唤,他们不顾自己,放下锄头,就给猪弄吃食。

大人心里,猪的地位高于人。

毫不夸张地说,猪承载着农人的富裕梦。一户人家日子红火,圈里定有几头猪。猪是农人家的经济杠杆,家庭崛起,猪是撬手。

猪是农人家的储钱罐,养猪是零钱聚整钱。喂肥一头猪要一年,一年365天,一天三顿,端给猪的每一盆食都是向储钱罐投一次零钱。到猪长肥出圈的那一天,零钱就成了整钱。儿子定亲的彩礼钱有了,闺女的嫁衣、嫁妆也有了着落,翻建老屋赊来的砖瓦款不用拖欠,全家御寒棉衣可以放心添置⋯⋯

猪对农人的生活如此重要,可是民间对猪却抱有偏见,常借用猪贬损他人,口头禅有——

蠢猪、猪脑子、猪狗不如……

歇后语也很多——

死猪不怕开水烫——豁出去了、肥猪跑进屠户家——送上门的肉、笨猪拱蒺藜——自找苦吃、马脸比猪头——当面出丑、猪八戒照镜子——里外不是人……

寓意毋须明说。但这些是事实吗？看看猪与孩子斗智的一幕，就知人言之谬。

猪嗅觉灵敏，在土中拱食，嗅觉起着决定性作用。

猪爱清洁，能保持窝床干爽，有屎尿便远离睡卧之地，到固定地点排泄。

猪合群，个体之间能和睦相处，但有等级，这种等级自小就已形成。

母猪产子多，但它非常注意保护自己的孩子，行走、躺下十分谨慎，不会踩伤、压伤孩子。如遇来犯之敌，母猪先发出警报声，小猪闻声或逃窜，或伏下不动。小猪安全了，母猪才张开大嘴威吓来犯者，抑或迎战，绝不退缩。

了解一种动物需要时间，更要有耐心，不能脸谱化，更不能以讹传讹。

猪

万物为友

羊

羊的品种较多,常见的有山羊和绵羊、黄羊、岩羊、藏羚羊、羱羊多在电视和书本里看过,见过活物者少。

比较而言,农人爱养山羊。山羊温顺,好饲养,收效快。春天捉来小羊羔,过一个夏、一个秋,到冬天就可以卖钱。

说山羊好饲养,指的是买回小羊羔,就不用大人操心,是割草喂养,还是牵到野外吃嫩草,是孩子们的事。

一般来说,一户人家买羊羔不会买一只,买几只视孩子而定,不偏不倚,一人一只。这样做既让孩子有对比、有竞争,也能拴住孩子的心。孩子顽皮,但当他们听到小羊羔稚嫩、柔弱的"咩""咩"呼喊声,就有了担当,想为小羊羔做点什么,于是拿刀割回嫩草,或将属于自己的那只小羊羔牵到野外。小羊羔见了嫩草,开心地吃起来。小羊羔吃草像女孩子吃饭,一小口一小口的,把嘴里的嫩草咽下去,才会吃下一口。太阳西沉,快到地平线,小羊羔吃饱了,抬头看孩子。小羊羔的眼睛清澈、明净,宛如一碗清水,孩子一看就知道小羊羔想家了,于是牵上绳子往回走。孩子在前,小羊羔在后,他们到家时,另外几只小羊羔和它们的小主人也进了院子。

日复一日,春天很快过去,到夏天时小羊羔开始长角。小羊长角时爱钻裤裆,每钻一次,都借机在小主人的腿上蹭一下头。小主人知道,小羊的头痒痒了,于是帮它挠几下。小羊舒服地眯着眼睛，想小主人不要停手。不要几天，小羊头上的两只嫩角竹笋似地冒出来，像塑料做的，软中有硬，硬中带软。再过些日子，小羊就有了胡子。有胡子不是老，山羊就该有胡子，不分公母，胡子是它们身体的一部分。

夏天过去是秋天，过完秋天冬来临。小羊长成大羊了，大人计划把大羊牵到集市里卖掉，天寒地冻，家里要添置的东西很多。卖羊时孩子们搂紧羊脖子不放，想用泪水感动大人。大人总有办法让孩子开心，果不其然，当孩子们见到新书包，就会破涕为笑。

有的人家不养山羊，养绵羊，不是为了卖羊，而是卖羊毛。

绵羊长一身厚厚的毛，夏日前要将毛剪下。剪下的羊毛拿到供销社就是钱，也可以卖给走村串户的小贩。不等米下锅的人家不用卖，他们将羊毛纺成毛线，请村里的巧手姑娘织毛衣。毛衣贴身、暖和、漂亮，胜过笨拙、臃肿的老棉袄。

绵羊，对农人的服装具有革命意义。

羊给农人带来的不仅仅是孩子的学习用品和贴身的毛衣，它的跪乳和反刍对孩子成长具有启迪和教育意义。

跪乳——仰望生命，铭记母恩。

反刍——咀嚼生活，回味人生。

农村长大的孩子懂孝道，上敬重父母，下疼爱子女，与他们孩童时代养羊不无关系。

农村长大的孩子多走正道，遇事三思而行，性格养成，也和长期与羊相处、受羊习性熏染有关。

羊——一部优秀的人类成长教科书。

羊

兔 子

兔子为食草动物，纯洁、温顺、聪明、乖巧，可当宠物饲养，也是极好的家庭副业，是农人喜爱的家畜之一。

兔子讨人喜欢，名声却不尽如人意：有寓言故事《龟兔赛跑》，有神话故事《牛兔赛跑》，还有歇后语兔子尾巴——长不了，说的全是兔子的不是。

《龟兔赛跑》进入小学课本，可算是尽人皆知。

《牛兔赛跑》是一则神话，说的是牛和兔子相约去天宫，到玉皇大帝那里争生肖排名的故事。不说细节也能知道，兔子因骄傲自满输给了牛，在生肖中没当上第一，排名第四。

兔子尾巴长不了，这是兔子正常的生理现象，有些人却片面理解，把兔子与邪恶之人、邪恶势力相提并论，真是有失公允。

也有亮点。

古典神话里，兔子被称之为玉兔。玉兔居住在月亮上，终年与嫦娥为伴。能进入月宫的哺乳动物，只有兔子。

农人不在乎这些，注重的是效益。

效益不是见钱眼开，也不是唯利是图，而是生存所需。

民以食为天。

兔子繁殖快，不分季节，一年多胎，一胎多仔——本生利，利滚利，仿佛滚雪球。兔子的繁殖速度，与农人的愿望不谋而合。于是一家看一家，农人家家养兔子。

养兔子是女孩子的事。

女孩子勤快、心细,做事有条不紊;兔子生性胆小,怕受惊吓,与女孩子的性格有相似之处。

相似就是缘分。兔子见到女孩,乐得又蹦又跳,在笼子里不停转圈圈。长期相处,女孩对兔子的禀性也有所了解,当她听到碗具响动,就知道兔子饿了,于是喂食。食是刚从菜园里割来的嫩草、青菜。兔子三瓣嘴,天生一副笑模样,吃草时,小嘴不停,仿佛女孩嗑瓜子,文雅、娴静,惹人怜爱。

兔子生长快,几个月幼兔就长成大兔,成了兔爸兔妈。

这就有了效益,效益为农人所需。

兔子不慕虚名、不事张扬,是个谦逊务实、追求实效的动物。

兔子

猫

猫有家猫、野猫之分，这里说的是家猫。

家猫依赖人类生存。农人养猫，为的是捕捉老鼠，保护粮食。说直白点，猫就是农人的捕鼠工具。城市老鼠少，城里人养猫不为捉鼠，图的是乐。

各有所需，于是猫有了很好的生存环境。

猫幼时喜游戏、爱玩耍，对所见之物充满好奇，一个毫无意思的物件它可以玩很久；没有东西玩，就玩自己的尾巴，玩自己的影子。长大一些就会捉老鼠。猫是捕猎高手，只要被它盯上，猎物在劫难逃。

传说猫是老虎的老师。

猫智慧、聪明、心细，善于观察并能做出正确判断。与老虎交往中，猫发现老虎狂妄自大，傲视天下，有当山大王之心，于是在传授技艺时留了一手，没将爬树的本领教给老虎。猫的这一做法实为高瞻远瞩。过了些日子，老虎学会捕猎的各种技巧，自认为学业已成，可以打遍天下无敌手，于是不拿老师当回事，阳奉阴违，把老师的话当耳旁风。老师批评几句，老虎六亲不认，竟然用学来的本领对付老师。猫自知不是老虎对手，言行注意分寸。老虎步步紧逼，有置老师于死地之心。猫看出端倪，三十六计走为上，纵身一跃上了树。老虎扑到树前，瞪大虎眼，对天长啸。

老虎的行为是典型的忘恩负义。教会徒弟打师傅，说的就是老虎。

试想，如果老虎有爬树之技，猫能脱身吗？

这是猫的高明处。

猫极会生活，懂得养生，奉行少吃多餐，从不暴食暴饮，哪怕再好的东西也有节制，不像猪顿顿吃得肚儿圆。大街上那些身材苗条、气质高雅的姑娘为何青春永驻？奥妙就在节制食欲。管住自己的嘴，是最好的养生之道。姑娘们从猫身上受到启迪，并用于自己的生活。

猫爱睡觉，每天的大部分时间都在睡眠中度过，给人的感觉是懒，于是人类把爱睡觉的人戏称为懒猫。其实猫白天睡觉，那是养精蓄锐，稍稍留心就会发现，当清晨与傍晚来临，猫一扫白天的昏睡之态，变得精神抖擞，双目炯炯有神。猫的生物钟与老鼠相同——猫醒来之时，就是老鼠的毙命之日。

老鼠，偷吃粮食，损坏衣物，传播疾病，其行为人所不齿。

猫捉老鼠，就是为人类做贡献。

猫

狗

狗是人类最忠实的朋友。

儿不嫌母丑,狗不嫌家穷——这句流传在民间的经典语,家长常用来教育子女,让其不变本色。

狗的故事很多,这里讲的两则为我亲眼所见,不是杜撰。

故事一,说的是邻居家的阿黄——

阿黄是只宠物狗,邻居两年前从狗市挑选回家的。当时的阿黄还是小狗,邻居慧眼识金,刚进狗市就发现了。小狗一身黄毛,阳光下披金挂银,金光闪闪,很是好看。缘分一词指的是人与人之间的关系,其实人与动物之间也是有缘分的。就说这只小狗吧,它看邻居打量自己,摇头摆尾,不停晃动小尾巴。邻居的心动了一下,没有讨价还价,付款后抱起小狗就回家了。阿黄长得快,一年长成大狗。

阿黄通人性,会揣摩,人类不喜欢的事不做。譬如吠叫。阿黄夜晚从不出声,给主人家营造一个安静环境。一个毛贼摸清阿黄的特点后,胆子大了,把阿黄当成聋子的耳朵,一次路过这里,顺手牵羊拿了件东西,离开时迈不动步,低头一看是阿黄咬住他的裤子。毛贼想挣脱,阿黄就是不松口。这就闹出了动静,毛贼见屋里的灯突然亮起,慌作一团,想丢物走人,哪知阿黄还是不放。结局可想而知,毛贼被抓住了。

阿黄讲卫生,早晚两次去远处排泄,很有规律。一天晚上出去后没有回来,邻居没当回事,想它是进入发情期,过个一天半日就会回来。不想阿黄一去不返,几天不见踪影。邻居揣测,阿黄一定遭遇不测,凶多吉少。时间过去一个星期,邻居已不抱希望,阿黄却拖着残体回家了,到家时已奄奄一息。邻居检查阿黄的身体,发现阿黄的两条后腿骨折,前胛处有烫伤,还在流血。邻居分析,阿黄是外出排泄时,中了歹人的计。

故事二,说说小花——

故事发生在20世纪70年代初。那时全社会最紧缺的是粮食,村里有几户人家怕狗与人争粮,忍痛割爱,把狗杀了。老孟家有只小花。小花瘦得皮包骨头,但是尽职尽责,从不离家。小花明事理,老孟给吃就吃,不给也不要。别人家烹狗,老孟不舍。但让家里人省下吃食给小花,他同样不舍。长此以往,小花命运堪忧。老孟想,与其让小花饿死,不如给它一条生路。

一天,老孟让出远门的儿子把小花带上,到远处放生。出门时,老孟把小花的眼睛蒙上,让小花绝了回家的念想。儿子照老孟说的做了,走了20里,丢下小花,头也不回继续前行。万万没想到,第三天中午小花出现在门前。老孟心里难过,蹲下身子不停抚摸小花,两行老泪潸然而下。可能是伤心,也可能是贫血,起身时老孟两眼一黑,重重地摔倒在地。小花看出不妙,冲进院里"汪""汪"叫唤,无人应声,转身冲到邻居家,一边叫唤一边往自家跑,十万火急的样子。邻居从没见小花这么叫过,知道有情况,跟着过来,发现老孟昏倒在地。邻居紧急施救,老孟苏醒过来。老孟听邻居细说才知道是小花救了自己。

从这天起,老孟把小花当成家庭一员,吃什么都有它一口。

两个故事,说的都是狗的忠诚。现实生活中,狗的用途很广,许多行业离不开——

在农村,它是卫士,看家护院,保护财物;

在城市,它是宠物,给城市人的平淡生活增添乐趣;

于牧民,它是牧羊帮手,还可防御豺狼;

于盲人,它是一双明眼,让盲人顺利抵达目的地;

于公安,它可以协助破案、缉毒;

于边防,它与军人一道巡逻,维护国家安全;

于消防,它利用嗅觉、听觉寻找生命体征,救人于危难;

……

狗与人类互依互存,须臾难离!

狗

马

马高大、强健、彪悍,跑起来四蹄生风,奔驰在沙场,是一匹铁骑,令敌胆寒。

铁骑属重型兵种,又称重骑兵,作战时威力巨大,是获取胜利的重要保证,古代军事战争中常见。

近代战争,马也不可或缺。

马为战争而生!

历史有名的马有——

赤兔马,此马为三国时期吕布的坐骑。吕布数十骑破张燕万余精兵,赤兔马有着极大的功劳。

的卢马,是刘备的坐骑,一次刘备遇险,的卢马带刘备逃出险境。

昭陵六骏,是唐太宗李世民驰骋沙场的6匹战马,6匹战马为李世民统一全国立下赫赫战功。

和平年代,马由军事之用转为商业、农事服务;交通不便地区,马是重要的交通工具;草原,马是牧民的衣食父母、经济支柱。

马成就人。

古有伯乐,伯乐因擅于相马而闻名于世。

马文化历史悠久,涉及范围广,人类生活无所不包。十二生肖中,马排位第七。

有关马的成语很多,常用的有——

马

马到成功、汗马功劳、千军万马、龙马精神、天马行空、万马奔腾、一马平川、老马识途……

与马有关的歇后语和俗语也不少——

骏马驮银鞍——两相配；扛着口袋牵着马——有福不会享；人靠衣裳马靠鞍，狗配铃铛跑得欢；马上不知马下苦，饱汉不知饿汉饥；又要马儿跑，又要马儿不吃草……

古代擅长画马的画家有曹霸、韩干、李公麟、赵孟頫、郎世宁，5人均进入史册；现代画家则当数徐悲鸿，他的《八骏图》举世闻名。

马还被写成歌曲，被世人传唱，耳熟能详的有《骏马奔驰保边疆》《马儿啊你慢些走》《马铃儿响来玉鸟唱》等等。时光易逝，歌曲永存。

马的影响如此之大，需求却小，有枯草、落叶足矣。

大音希声，大象无形。

马，受之无愧！

驴

驴，农人称作小毛驴，像马，但比马小，也不如马雄壮、强健，更不如马跑得快、行得远。

驴身子虽小，却有耐力，走路不紧不慢，干活不急不躁，任劳任怨，一副宠辱不惊、天塌地陷与它无关的样子。

驴的禀性深受农人喜爱，饲养者甚多，走进农村，好多人家树荫下都拴有一匹。村头驴叫，村尾呼应，像妇人铲锅，似硬物划动铁器，直入耳鼓。

驴性情温驯，吃苦耐劳，听从使役，一年四季，农家庭院、阡陌之间、田畴旷野、乡间土路，常见驴走动的身影。

农忙时节，农耕、拉车、打场、驮物、磨面，非驴莫属。别看驴小，耕田一天几亩；拉车千斤，日行百里；打场拉动石磙，一走半天，人难以比拟。

赶集上街，身驮两只巨袋，袋里装满货物。驴负重前行，主人空手跟随，不问路途多远，途中不用歇息。赶到集市，或卖或兑物，办完事返回。回家时有物驮物，无物驮人，驴从没轻松过。

太阳落山，鸡回笼舍，猪入睡，羊在栏内倒嚼，驴刚嚼完槽里的草，又领新活——磨面。驴拉起石磨，戴上眼罩，在磨道里转圈圈，一圈、两圈……百圈、万圈……为主人家第二天吃食忙碌。

苦吗？苦，但驴毫无怨言。

忙碌一天，深夜才歇。主人倒头睡下，鼾声如雷，雷声越窗而出，消散于夜色之中。驴也累，但比主人好得多。了解驴的人清楚，驴是最会休息、也是最会使用时间的动物，它能抓住点滴时间，想睡即刻入睡，且不用卧下，如同人类打盹，主人召唤即刻醒来。别小看这个盹，体力很快得以恢复，再干活如同晨起，浑身充满力量。驴的这一习性与生俱来，祖先的基因，世代传承，沿袭至今。

驴食量不大，不像猪胡吃、马海喝、牛囫囵，一天一篮草料、一盆清水即能满足需求。草料不要多精，春夏田野青草，秋冬枯草、禾叶。有闲铡碎，无暇囫囵也行。

驴最泼皮，也是最易饲养的家畜。

时令进入冬季，土地冻成石疙瘩，农人赋闲在家，驴拉着一车农用物资行走在县道上，赶在日落前到达乡镇供销社。每年的这个时候，驴都要在这条县道上往返几次，为主人挣些脚力钱，以补家用。

终年劳作，驴练就出一身强壮的体魄。

没有马名声显赫，也不像马能驰骋疆场帮助主人建功立业，但是驴脚踏实地，不以事小而不为，甘于寂寞，埋头苦干，默默奉献，最终赢得世人青睐。

是金子总会发光——这是驴从人那里学来的处世哲学。

驴

牛

牛的品种有黄牛、水牛、奶牛、牦牛。黄牛耐热,宜在旱田劳作;水牛喜水、怕高温,水乡多见;奶牛吃的是草,挤的是奶,为奶场所饲养;牦牛是高原和寒冷地区的特有物种,善走陡坡险路、雪山沼泽,能游渡江河激流,既可农耕,也可运输货物,有"高原之舟"美称。

这里不说水牛,也不说奶牛、牦牛,单说黄牛。

黄牛坚忍不拔,耐粗耐劳,重活面前不畏难、不退缩,只顾耕耘不问收获,人类将有此高品的人称作"老黄牛"。

以牛喻人,动物界少见。

黄牛,农人的好帮手——

春耕夏种,板结的土地靠它耕耘;

耙田整地,拉动犁耙非它莫属;

收获季节,把成熟的庄稼运进打谷场,驾辕拉车也是它。

农耕年代,谷物脱粒用石磙,一牛一磙,烈日当空,牛走磙转,一圈又一圈,谷物在石磙碾压下,一颗颗谷粒钻出谷壳。

这就是打场。

农人使牛,很少用鞭子抽打。鞭子于农人是道具,好比演员手中的扇子。鞭子在手,农人提神,牛也长精神。

在农村,农户之间互借东西是正常的人际交往,但是借牛者甚少。若有,借牛的同时,必邀请主人。外人不使他人牛,这条乡规至今没变。

常年相处，人与牛亲如兄弟，人知牛之需，牛懂人所求。

有一年闹洪灾，庄稼浸泡在水中，通往村外的路被洪水淹没，村庄成了孤岛，农人出门依靠牛，水浅时人、牛同行，水深处人坐牛背。牛识路，行在水中如同一叶小舟，会把人带到安全地带。

这一天偏就出了事。

事情的起因是盐。孟大爷家的盐罐子见底了。按说刮一刮罐底，还能吃几顿，下个集日买也可以。孟大爷偏要上街买。孟大爷是一家之主，他说上街，无人敢阻拦。

从小孟庄到街镇有一条土路，途中有一座小木桥，过桥走一会就到。走了半辈子的路，闭上眼睛也不会错。万万没有想到，小木桥常年风吹日晒，早就朽了，又遭洪水浸泡，牛刚走上去，桥不堪重负瘫入水中。洪水滚滚，波浪汹涌，孟大爷和他的牛随波而下。入水那一刻，孟大爷有点紧张，刹那间就恢复正常。怕什么呢？孟大爷身边有牛，牛贴着他，为他阻挡急流，还不时看他一眼，十万火急的样子。孟大爷懂得牛的意思——牛要他骑上来。孟大爷没敢耽搁，借助浪的力量，身子一跃上了牛背。牛奋力游动，眼向两岸看，挑选最佳上岸点，最终在一个缓坡处停下，孟大爷就坡上岸。回头看牛，牛在努力，几次发力没能成功。一个急浪打来，牛被冲向下游。孟大爷一边叫喊，一边跟着牛奔跑。牛一点点变小，最后不见踪影。

牛是被下一座桥挡住的，孟大爷赶到时，牛已死了。在外村人帮助下，牛被打捞上岸。孟大爷发现，牛的右前腿骨折。孟大爷这才明白，牛没能上岸，是腿不给力啊。看着滔滔洪水，孟大爷流下两行热泪。他知道，自己这条老命是牛救下的。

孟大爷的家不富有,但是他没有杀牛吃肉,而是把牛葬在它的殉难处。

一座坟茔,爱的丰碑!

牛的故事还有很多,创作故事的是人,本意只有一个:感恩!

牛

乡居词典

犁

犁是我国传统农具中最具代表性的生产工具,有木犁、铁犁两种。木犁为单个,犁身木制,前端装有"V"形铁刃,俗称铁口犁,为牛耕耘所用;铁犁有3到9个犁铲不等,阶梯式排列,为拖拉机专用。

这里说木犁。

犁

木犁看似简单，犁架由几根木料组成，但要做得既让牛牵引省力、翻土恰到好处，又让使用者顺手，而且外表美观、大方，不是一般人所能为。常言说，失败是成功之母。乡间的能工巧匠绝非天生，而是经过无数次制作、改进、摸索，并亲身牵引体验，最终犁才得以定型。

匠人不懂力学，也说不出其中奥妙，但是会做。

对匠人而言，做远大于说。

这是农人的哲学。

一张好犁，日耕地二三亩。新耕的田波浪翻滚，泥香扑鼻，远看如微风吹皱水面，柔软、波动，给人美感。

春耕开始，一家开犁百家应，田野一片忙碌景象。为给牛提精神，过不多久，农人就会打一声嘞嘞。嘞嘞抑扬顿挫，高时如百灵飞起直冲云霄，低处似燕子归巢展翅滑翔。嘞嘞，一首牛爱听的歌。歌声响起，牛精神大振，前进的步伐明显加快。

农人不会让牛出过头力，耕作一会就会停下歇息。急什么呢？太阳落山还会升起，没干完的活明天继续。

这也是农人的哲学。

春耕结束，种子在新土里安家，不几日就会生根、发芽、生长。

犁完成一年一度的耕作使命。此时，农人会将犁擦亮、上油，挂在室内的墙壁上。犁在高处耐心等待，等待下一个春耕季节的到来……

碓

碓有碓臼、碓马、碓锥组成。碓臼是一种用石头掏制的罐状器皿，口大底小，埋于地下，口略高于地面。碓马是一根长约两三米，前粗后细，尾部削平，可供脚踩踏的实木段。碓锥为一根半米长短、胳膊粗细的硬木棍，木棍下端装有生铁铸造的铁圈。碓锥安装在碓马前端，用于舂粮。

碓是早年农村常见的一种舂粮器具，每个村庄都有。碓不怕风吹，不怕日晒，多为露天放置，讲究的村庄会在碓臼上方搭建遮挡物，以防雨水、脏物进入臼中。

舂粮时，加工者将粮食倒入碓臼，用脚踩踏碓马后端，让碓马高高翘起，然后松脚，碓马落下，碓锥借助碓马重量，猛舂臼里的粮食，再踩再落，连续不断，这就是舂碓。

踩碓马者多为男人。男人体重、力大，一人即可；若是女子，则需二人，二人合力，连续踩动，到身上出汗时，碓臼里的粮食也就加工好了。

碓可为稻谷脱壳，也可加工黏高粱、糯米。

碓闲时多，平常很少有人光顾，待到天寒地冻，腊月来临，人们才想起它。年一天天近了，年糕的面粉要准备，汤圆面也要提前备好，于是家家把黏高粱拿到碓上脱壳，脱壳后再舂成面粉。家里的糯米也要舂。舂前用水淘，让糯米"醒"一下，"醒"后再舂。所谓"醒"，就是让糯米变得酥软，手指可以捻碎。

碓（简易手工石碓）

家家都干同样的事,于是就要排队等候。大人们平常也碰面,但各忙各的事,碰面了打声招呼便各奔东西,无暇交流。今天来春碓,利用等待机会,唠会儿家常,再把憋在肚子里的悄悄话说一说。

唠家常时间跑得快,这就挨到了,女人将"醒"好的糯米倒进臼里,男人踩起碓马舂起来。"扑笃""扑笃",节奏明快,碓锥有力。女人贤惠、勤快、灵活,忙完手里的事,就过来帮助男人,与男人合力踩碓马,踩一会,又到臼前忙碌。孩子见家长不在家,找了过来。女人怕孩子添乱,撵小鸡似的将孩子往回赶。春碓不是闹着玩,碓锥的铁圈锋利如牙,被它"咬"着可不得了。

前车之鉴,此类事村子里发生过。

其实用磨也可以磨面粉,而且比春碓来得快,但农人不愿使磨。有人做过比较,感觉磨出的面粉不如春碓,春碓的面粉黏性大,有口劲。

似水流年,春碓已告别人类生活,消失在历史长河中。但作为一个时代的印记,并为人类做出过杰出贡献,人类不该忘记,应将它储存在记忆深处。

"扑笃""扑笃"……

石磨

石磨也叫磨，是电器化之前农家常用的一种石制工具，由两扇尺寸相等、厚薄相同的圆柱形石块加工而成，用人力或畜力、水力使它转动起来，把玉米、小麦、豆子等粮食磨成粉、浆，家家可见。

石磨分大、中、小三种。大磨直径1.2米，中等磨直径0.8米，小磨直径0.4米。大小不同，工作效率也不同。大磨笨重、庞大，磨粮快，效率高，安装于大型磨房，为牛马所拉。中等磨靠人力驱动，磨面时需二人合作，一人在前，往磨眼里喂粮，一人在后，用力推拉，使磨快速转动，俗称拐磨。小磨省力，单手就可操作。小磨不加工粮食，专磨花椒、胡椒等调味品。

农人使用最多的是中等磨。

中等磨下扇固定在磨架上，农人称之为磨床。上扇摞在下扇上，两扇中心有磨脐。磨脐是一根半拃长短、指头粗细的铁轴。铁轴起固定作用，以防上扇磨石转动时掉下来。两扇磨石的接触面都錾有磨齿。磨齿形如扇骨，排列整齐、有序，用于磨碎粮食。上扇磨石上錾一个直径大于鸡蛋的磨眼，它是粮食进入磨膛的通道；表面还錾有两个双指深浅的小眼，小眼是驱使上扇旋转的着力点。石磨的其他部件还有磨担、磨撑，拐磨时不可或缺。

一日三餐，所用粮食全靠石磨加工，于是拐磨就成了农人每天必做之事。

石磨

拐磨多是夫妻合作，也有婆媳、姑嫂联手的。若是夫妻合作，一律女人在前，男人在后。女人左手抓住磨担前端，身子跟随石磨运转的节奏时仰时俯，婀娜多姿，不停摆动；右手不时从身边的笸箩里抓出粮食，分几次喂进磨眼。男人两手紧握磨担两端，用力推拉，石磨在夫妻二人合力下，逆时针转动。笸箩里的粮食在一把把减少，石磨的夹缝处不停往外吐粉，下雪似的落到石磨下的面桶里。磨在转，到最后一把粮食喂进磨眼，当天的任务就完成了。

丈夫收起磨担、磨撑，到一边抽烟去。妻子在收拾，石磨要打扫干净，面也要过筛，筛上的麸皮喂猪，筛下的细面人吃。

男女搭配，拐磨不累——石磨不单只有磨面、磨浆功能，它在运转的同时，还能加固夫妻感情、和睦家庭关系。

拐磨的精髓是默契与配合，农人夫妻恩爱，家庭和睦，与石磨有着极大的关系。

石磨，家庭关系的粘合剂！

场

场

场是一块向阳、通风、无物遮挡的平地,用来打谷、晒粮、垛草等等。场占地大,每座村庄只有一处。

一年四季,夏秋两季场上最为热闹。

夏季麦子成熟,收割后运到场上,然后摊开,牛或驴拉上石磙,在麦子上反复碾压,直到子粒被碾下。这就是打场。打下的子粒在场上暴晒几日,干后储藏。

打场、晒谷要看天气。六月的天孩子的脸,说变就变,毫无征兆。早晨天气晴朗,前一天打下的小麦摊在场上,在阳光下发出金色光芒,看着舒心。这是到嘴的粮食啊,抓在手里沉甸甸的,放一粒到嘴里,咬开一看,再晒一两天太阳就可以进仓储存了。不想中午天起了变化,队长扯开嗓子喊抢场,火烧眉毛似的。大伙放下饭碗,跑出灶屋一看,西南方向有几块黑云,气势汹汹,正在排兵布阵,有点来者不善。大伙没有犹豫,撒脚就跑。冲在前面的是男人,跑到场上就动手,背的背,扛的扛,将小麦往仓库里运。黑云已到头顶,大风阵阵,电闪雷鸣。大部分小麦已运进屋内,还剩小部分。一道闪电划过,一声响雷像巨型石磙轰隆隆从头顶滚过,震耳欲聋,雨点随即而下,仿佛石子从天而降,打在背上有疼痛感。大伙不顾疼痛,把剩下的小麦用塑料薄膜覆盖好,才顶着雨回家。

这就是抢场。

抢场就是抢时间,与老天爷比速度,不让到手的成果受损失。

夏天的雨来得快,走得也快。雨过天晴,太阳走出云层,热度比雨前弱了几分。上工的钟声敲响了,大伙来到场上,将湿重的麦草抖开,让日头晒,待干了垛起来。场遭了一场雨,很是潮湿,晒粮要等个一两日。

男人累了一天,晚上想找个凉快处,痛痛快快地睡一觉,场是首选之地。男人们聚集到场上,谈谈古事,说说收成,困意上来,倒头便睡。

时间很快,转眼就是秋天。秋天是收获的季节,水稻要割,割后要运到场上;还有玉米、花生、山芋也要收。

男男女女都到场上来,场就小了,也拥挤了。场分两半,一半是男人们的天下,割下的水稻要脱粒;另一半属于女人,她们在掰玉米、摘花生。女人们手上干活,嘴里闲不住,像群麻雀唧唧喳喳。话多了能成事。这不,孟大嫂儿子的婚姻就有了眉目,孟二妈自愿做媒,把娘家侄儿的小闺女许配给他。话多了也会坏事,俩邻居本有嫌隙,一句话成了导火索,两人扔下手里活,你拉我扯地撕打起来。幸好拉架及时,才未出尴尬。

孩子们也到场上来,父辈们打场、扬场他们不愿看,母亲们说笑打骂他们不关心,他们的兴趣在草垛,有把草垛当马骑,也有把草垛当屏障,钻到里面躲猫猫……

场,是孩子们的娱乐场所。

如今,场已不复存在,长大的孩子经常想起它。想起就是想念,想念一个远去的时代。时代储存于记忆,记忆不可磨灭。

独轮车

独轮车

独轮车也叫手推车，农人称作小车，木制结构，是一种能运载货物，使用方便，大路、小道、田埂、窄巷、小桥、坡道都能行走的运输工具。

独轮车为单轮，轮有大小两种。大轮高出车身平面，平面上安有轮罩，用以保护车轮正常运转。轮罩两边摆放货物，也可以坐人。小轮低于车身平面，为运物专用。使用者肩挎车绊，两手握住车把，平衡车身，用力推动，独轮车就前行了。

农具里，独轮车使用率最高，有了它，农人不用肩挑，无须背驮，运输货物由它承担。

独轮车能前进，也可倒行。前进容易，倒行难，难在平衡，初学者没少吃苦头。

麦子成熟，收割后要用独轮车运到场上脱粒。

运麦是苦活，苦活由男人承担。

麦收时正值高温，运麦者赤膊上阵，不要半天，裸露的皮肤上就有了累累伤痕——这是麦芒留下的。伤痕又痒又疼，遭遇汗水如火烧一般。

这是一苦。

运输麦子不同于运粮，麦子堆到车上如同草垛，遮挡视线，推车者不能前进，只能倒行。倒行就是车身在后，推车者用拉力使车子跟着走。倒行不易，稍有不慎车子就失去平衡，连车带人摔倒在地。独轮车有两条腿，摔倒时极易碰着人的腿，轻者破皮，重者伤肉，数日不愈。

这又是一苦。

运麦苦，过坡也不易，若遇斜坡更不易——推车者单会平衡还不够，关键要会用巧力。所谓巧力，就是灵活机动、顺坡下驴，根据坡面或左手用力，或右手使劲，不能大意，稍有差池，车子必翻无疑。

扒河治水，独轮车挑大梁、唱主角。扒河是重活，将装满泥土的车从河底推上河岸，要两个人通力合作才能完成。二人均为壮年男子，推车人在后，拉车人在前，丁是丁卯是卯，偷不得半点懒。独轮车负重上行，推车人往前使力，脚下一步一个坑；拉车人在前，俯首低身，肩拉绳索，脚是力点，身体的每个细胞都在使劲。向前！向前！车轴在泥土重压下，"吱溜""吱溜"响个不停。

毫不夸张地说，大地上的每一条河流，都是独轮车推出来的！

独轮车，农人的好帮手！

独轮车也有悠闲时——每逢集日，农人就推着它出门，车上一边坐着孩子，一边放着待卖的货物，优哉游哉，不急不躁，门前的小路上留下一道浅浅的车辙……

时代在发展，独轮车没因社会进步而被淘汰，它与新型机械同在，发挥它灵活而独特的作用。

草篓

草篓为装物、运物农具,外形酷似元宝,紫穗槐、柳条编织而成,女人和孩子专用。草篓大小因人而定,大人用大篓,孩子用小篓。量力而行,指的就是人与草篓之间的关系。

编织草篓是技术活,同样的材料,手巧者编出的草篓棱角分明、线条流畅、工艺细腻、外形美观;笨拙者编出的草篓工艺粗糙、篓形不正、样子丑陋。不怕不识货,就怕货比货。在农村,手巧者是香馍馍,每到农闲或是雨天,就有人将其请回家。受人

背篓

尊敬是件美事，手巧者会使出浑身解数，从选料到搭配再到编织，精益求精，每个环节都认真对待。

两天后，所需草篓编织完成。草篓有大有小，层次分明，件件都是艺术品，让人爱不释手。细看草篓的收口花式也有不同，大者如麦穗，给人丰收之喜；小者似发辫，情趣盎然，童心十足。还有一只大篓，宜做窝筐。主家一见心生喜欢，大儿媳上个月做的月子，窝筐送她，正好派上用场。

全家皆大欢喜。

农村孩子勤快，每到星期天，完成老师布置的作业，不要大人吩咐，背上新草篓就去野外割草。野外草多，不要半天草篓就满了，背回家，或喂牛羊，或晒干当柴火。

孩子们去野外，多是同学或要好者结伴同行。孩子们到一起，自然要比一比草篓。拥有漂亮草篓的孩子也拥有一份好心情，感觉比别人高了一等。

一次比较引发一场草篓革命，几天后，孩子们背的草篓差不多一个款式，再没有美丑、高低之分了。

好草篓激发孩子们的劳动热情，割草成了一件开心事、快乐事。

春去夏来。夏天正逢暑假，一个假期，草篓与孩子形影不离，孩子们背着它割草，背着它游戏，暑假因割草变得短暂，也因割草过得充实。草篓的编织者不会想到，这一切都源于他的一双巧手。

巧手激发劳动热情——农人勤劳，与童年时代的习惯养成有关。

菜园

菜园

菜园是用来种植蔬菜的小块园地，外围用树枝、竹片或玉米秆、高粱秆圈起，半人高，靠路的一面留有一个供人进出的小门——农人称作篱笆。篱笆的功能是阻挡鸡等家禽和孩子进园糟蹋蔬菜，为蔬菜生长制造一个良好环境。

菜园是一户人家的生活缩影，是勤是懒，是富是贫，看菜园便一目了然——菜园打理得好，蔬菜长势旺，菜园的主人一定是个勤劳者，反之则是懒汉。

勤致富，懒生穷，这是千古不变的真理。

菜园四季常青，源源不断地为农人提供新鲜蔬菜——

春回大地，暖风送爽，青菜、萝卜率先登场，从新土里露出新芽。新芽腼腆、羞涩、内敛，一副怕人的样子。从小看大，说的是人，其实植物也是这样。青菜、萝卜低调生长、不事张扬，从不侵占他人领土，奉献是它们的处世哲学。

茄子蓬勃向上，长到一定高度便停顿下来，向果实发力。茄子高产。农谚云：茄子七八棵，顿顿不离锅。从夏到秋，茄子担当蔬菜主角，深受农人喜爱。

辣椒春天栽，初夏开花、结果，霜降叶枯。辣椒有甜有辣，甜的孩子吃，辣的大人品。喜爱辣的人顿顿离不开，辣得满头大汗，通体舒畅。辣椒是调味品，几颗就能满足一家人的需求。

西红柿性子急，栽下就蹿高，还没注意花就开了。西红柿的花小小的，蜜蜂都看不上。花落果出。果初时很小，如同高粱米，继而像玉米粒、乒乓球，待到拳头大小便停止生长。过些时日青皮开始变红，先是浅红，颜色日日加深，全红时西红柿就成熟了。西红柿不是单个生长，一枝果柄上少则三四个，多有五六个，有点"人多势众"的意思。

瓜嚣张，主藤如眼睛蛇，一边前行，一边抬头张望，前行一步擎起一柄叶，给主藤遮阴挡阳。瓜花高调，开放时如同喇叭对着天吹，生怕别人不知道；果含蓄，仿佛对花的所为抱有歉意，瓜叶当被，泥土是铺，憨然入睡，悄然生长。

豆角需要播种，出土后给人的感觉是静止的，几天无变化，细心观察就会发现，它们在积聚力量，做攀爬准备。豆角是缠绕着上升，到一定高度就有了花。豆角花开两瓣，像蝴蝶。"蝴蝶"是静止的，有风才扇动"翅膀"。"蝴蝶"枯萎，根处"喷"出几根须须——这就是豆角。豆角一天天变长、变粗，长到尺许就可以采摘了。

芹菜娇气，直接播种出芽率极低，有经验的农人先用温水浸泡，待种子"吃"了水，再用棉布包起，"孵化"几日，发芽前播种，出芽率就高了。

……

种菜有学问，学问来自经验，经验依靠积累。

菜园，蔬菜生长之园，农人物质保障之地。

粮仓

粮仓

粮仓的用途是储藏粮食，农人家家有，有的用陶罐、水缸，有的用手工编织的筐、篓，也有的用柴编的窄席，俗称结子。粮仓一户少则一个，多则两三个，不同品种的粮食分开储藏。

粮仓大小不等，位置视家境而定。

一个"视"，含义微妙，局外人难明个中之意。

粮草丰足、生活富裕的人家，粮仓多在暗处，有藏匿之意。肥肉埋在碗底，说的就是这类人家。他们这么做的目的有二：一是不愿暴露家底，一个村庄里住着，同饮一塘水，同在一块土里刨食，低头不见抬头见，你露富、显摆，难免不遭人妒忌。枪打出头鸟，出檐的椽子先烂，简单的道理他们不会不懂。第二怕人惦记，村里那么多缺粮户，青黄不接时向你张口。开口容易闭口难，借还是不借？真金白银地借出去，信守诺言按时奉还，双方都开心；不守诚信到时不还，见你绕道走，是上门讨要，还是听之任之？与其两难，不如预防在前，以绝后患。

缺吃少穿、子女多的农户，爱将粮仓放在显眼处，让串门人一眼就能看见。他们"露富"的目的是想让外人知道，他家衣食无忧。打肿脸充胖子，指的就是这类人家。凡事都有因果，他们这么做说到底还是为子女着想。儿大当婚，女大当嫁。要想儿子们体面地娶上媳妇，就要给他们营造一个好的环境，让姑娘一见倾心。所谓家有梧桐树，不愁金凤凰是也。

小孟庄有一户人家，生有三儿三女，两个大人无暇管教，从早到晚为吃食操心。岁月无情，不觉间三个儿子已到娶亲年龄。女主人是过来人，时间倒退几十载，打死她也不进这个穷家门。发牢骚、说气话解决不了问题，身为母亲，她不能眼睁睁地看着三个儿子打光棍。

几夜辗转，几天苦思，一个妙计涌上心头，家很快变了样：旧物进了暗处，显眼处有了三个小粮仓——一仓玉米、一仓小麦、一仓高粱（粮在表层，下面塞的是棉胎）；儿子穿着也有变化，赶集上街个个穿新衣。媒婆注意到这家人的变化，主动把姑娘领来相亲。三个小粮仓就是实力证明。过日子就是吃饭穿衣，相亲的姑娘像被施了定身法，来了就不想走。

粮仓出现在家庭，为私人财富；出现在粮库，属国家所有。

粮库的粮仓高大，输粮机出现之前，粮食进仓靠的是肩扛背驮——几块跳板连成一线，一头搭在仓顶，一头落于地面，驮粮者行走在跳板上，把粮食一袋一袋地运送上去。走跳板有学问，初次行走莫说驮粮，空手也心生胆怯。跳板颤颤悠悠，跟随驮粮者的脚步上下起伏。驮粮者目视脚下，口中叫着号子，跳板起时抬脚，伏下落脚，气定神闲，有条不紊。

驮粮是力气活，很苦、很累，但令人羡慕——人们羡慕的不是苦和累，而是能够亲近粮食的那份职业！

锅灶

锅灶是生火做饭的设备,由锅与灶两部分组成。锅灶经历过几次演变,先是矮锅灶,后是高锅灶,再后是煤气灶、燃气灶。

矮锅灶俗称锅炝,无烟囱,用泥和麦草一层一层糊起来,3尺高,圆柱形。圆柱形的一面开一个椭圆形的口,留作填草与出烟用。矮锅灶不能高,高了火苗够不着锅底,浪费柴草;也不能矮,矮了火烧不旺,同样浪费柴草。常言说:做人要实,烧火要虚。一个"实"一个"虚",道出做人与烧火真谛。

再说烧火——草要一把一把往灶膛里填,循序渐进,不能心急。草要虚。虚就是松,松了火才会旺,草也烧得透。会烧矮锅灶的人,一小篓干草可做一顿饭,不会烧的人要用一篓半,对比悬殊。

看一个人是否会烧火,雨天是检验的最佳时机。晴天湿度小,干柴烈火,把火烧旺不算本事。雨天柴草潮湿,把火烧旺才是高手。会烧火的人胸有成竹、不急不躁,先从草垛深处扯出一把干草,用火柴点着,待火苗燃起再轻轻送进灶膛。火苗由小变大,正旺时填入一把有湿度的草。草用火叉挑起,松松地架在火苗上,草冒出阵阵白烟,烟从灶口滚滚而出,注意听灶膛内有"吱""吱"声响,仿佛老鼠磨牙——紧跟着"喷"的一声响,草烧着了。火烧得好的人,灶屋内的烟悬浮着,门打开,烟有序而出,如同开闸放水。

锅灶

矮锅灶的缺点有二：一是脏，屋内烟尘大，房顶被熏得如同墨染，犄角旮旯挂满网状灰尘；二是让人易生眼疾，长期做饭的人眼睛红得像兔子，见风就流泪，农人称作烂红眼。不好就变革，于是有了高锅灶。

高锅灶大于矮锅灶，有炉膛、烟囱，里层为砖砌，外面用泥糊，讲究的人家用水泥。锅台平整，好放炊具。

高锅灶的优点有三。一是干净——灶台前砌有烟囱，烟囱伸出屋面，烧火时烟尘顺着烟囱飘散出去，炊烟袅袅。二是好烧——高锅灶有炉膛、烟囱，二者贯通，草见火就着。遇到雨天，草湿度大，用扇子对着炉膛下口轻轻扇动，火就旺起来。有的人家装风箱，手拉风箱，风箱的两个小舌头"呱嗒""呱嗒"响，灶膛里的火"呼""呼"燃烧，饭很快就好了。三是节能——高锅灶的锅与烟囱之间留有一个洞眼，眼内放一陶罐，罐内装水。烧火时烟经过罐体进入烟囱，将热量传递给陶罐里的水，饭做好水也热了。热水洗碗，也可以洗脸洗脚，节省柴草。

高锅灶的优点虽然多，但最终被燃气灶取代。燃气灶烧燃气，燃气由开关控制，打火就着，火苗如蓝色精灵在锅下舞蹈，无烟无味，方便、卫生、高效、环保。

有的农人烧沼气。沼气是废物利用，环保、节能，成本极低。

锅灶的功能是烹煮食物，为人类提供美味；同时也是一面镜子，映照生活，呈现时代前进步伐。

草木生香

菱角

菱角是水生植物菱的果实，形似牛角，坚硬。生食当水果，熟食能解饿，富含多种营养元素，孩子爱吃，老人喜欢。

菱4月开花，8月果熟。

8月酷暑，适逢暑假。男孩子不怕热，顶着烈日跳进池塘，既游泳解暑，又摘菱解馋，可谓一举两得。女孩子也不甘寂寞，三两个相邀，一人一只澡盆，手当船桨，悠悠划进池塘。池水荡漾，菱叶随波而动，像是在欢迎女孩子们的到来。胆大者一边采菱，一边撩水嬉闹，池塘里不时暴起银铃般的笑声。

小媳妇们怕太阳，她们赶早，或是傍晚时分才来采菱。有一个小媳妇爱唱歌，采菱时哼唱起《采菱曲》，唱完一曲，四周寂静无声。小媳妇抬头一看，见大伙都在凝神听曲，一张脸羞得像西天的火烧云。

一长发小媳妇说："你的嗓子真好，赛过百灵鸟！"

小媳妇谦虚道："不好！不好！"

一说一答，手又动起来，篮子满了，便上岸回家。

老人们也来凑热闹。

老人牙齿松动，咬不动硬物，想吃只有忍，待回家煮熟，用刀劈开，掰去硬壳才能享用。

菱角不用种，前一年采摘漏下的，落入水中，转年水暖便发芽生长，待到盛夏又是满塘菱角。

菱角全身有用——

叶是饲料。

嫩茎是蔬菜。

菱壳烧灰可外用。

菱肉是美食,还有药用。古籍记载,菱角能补五脏,除百病,可轻身。

所谓轻身,就是减肥。

夏季食用还有"行水、祛暑、解毒"之效。医学研究发现,菱角具有防癌抗癌奇效。

小小菱角,世间珍宝!

菱角

慈姑

慈姑

慈姑长在浅水中，为多年生草本植物，农村多见。

农人种植慈姑，要么种在沟边或是池塘的浅水处，要么与水稻间作，不会让慈姑独占粮田。

寸土寸金，合理用地，农人会让土地产生最大效益（他们对自己也如此，下田劳作，歇息时顺手拔草，回家时右手拎一捆嫩草，左手攥一把野菜。嫩草喂羊，野菜是佐餐小菜，一餐饭因它而可口）。

慈姑分野生与种植两种。喜温暖、爱日照，3月生苗，开白花，球茎如鸽蛋，长成便是慈姑，霜降后采收。

采收慈姑不用一次采完，可分批次。简便的方法是让球茎贮藏于田地间，食用前排干积水，根据需求采收，直到翌年初春。

慈姑富含淀粉、蛋白质和多种维生素、微量元素。囫囵用红烧，切片可清炒，老少皆宜，是农人喜爱的蔬菜之一。

中医认为，慈姑性味甘平，生津润肺，补中益气，败火消炎，可辅助治疗痨伤咳喘。

慈姑对人体有益，但不宜多食，多食易生不适。

凡事有度，不偏不倚才完美。

荸荠

荸荠

荸荠扁圆,形似山楂,有地梨、地栗美称,生食解渴。

孩子们上学,或是外出玩耍,口袋里喜欢装几枚,饿时能解馋;农人下田劳作,也会顺手拿几个,渴时食用,很是享受。

荸荠野生少,种植多,不占粮田,浅水边、沼泽地均能安身。春夏生长,秋天成熟,自霜降到翌年春,都是采收期。

收获荸荠要有耐心。先排去积水,几日后挥锹铲去上层泥土,继而扒出下层土。往下是细活——用手在潮湿的泥土中仔细摸捏,过筛一般,不放过每一把土,发现硬物便是荸荠。

荸荠皮紫红肉洁白,口感松脆,甘甜如饴,营养丰富。经常食用可以促进人体代谢,调节酸碱平衡,有益发育生长。

荸荠产地,老人硬朗,孩子健康,少生疾患。

有医学知识的人清楚,荸荠对细菌有抑制作用,对常见病和痼疾顽症有疗效,发烧病人食用效果最为明显。

万物相生相克,这是大自然编织的一张生态网。荸荠,就是这张网里一个不可或缺的稀世珍品。

芦苇

草本植物里，芦苇最性急，3月的风刚吹皱池水，它就探头探脑地冒出芽尖，好奇地四处张望。冬虽让位给春，但乍暖还寒，风吹在身上尖溜溜的，还有些冷意。芽尖有点后悔，瑟缩着身子，想钻回地下去。

冷是暂时的，毕竟是春了。春姑娘的手带着温度，抚摸到哪里，哪里就长出嫩绿。芽尖在春姑娘抚摸下，仿佛一夜间，就从池水、岸边挺起身子，芽尖变成芦笋，很快又长出嫩叶。芦苇长到半大时，叶子嫩绿油亮，像抹了一层油，光可鉴人。

芦苇的嫩叶有韧性，捋下一叶，卷成喇叭，前端捏扁，就是叶笛。叶笛能吹出曲调，孩子们聚到一起，每人一支叶笛，你吹你的歌，他吹他的调，腮帮一起一落，就是一台音乐会。

秋收过后，田里的活计少，农人拿着镰刀去池塘里收获芦苇。此时的芦苇满身金黄，有风吹来，满塘一片沙沙声，似欢笑，又像欢迎。

芦苇割倒运回家，晒干，除去枯叶，用石磙压扁、掰开，可以做柴席。农人手巧，男人编柴席，女人也编柴席，除了家用，还能卖钱兑物。柴席凉快，汗身子睡上去，没多久汗就干了。夏日夜晚，院外的草丛里有几只蛐蛐在唱歌，院内的蛐蛐听到了也唱起来，一唱一和，你方唱罢我登场，院内院外像赛歌。农人累了，孩子也倦了，听了一会歌，打个哈欠，翻个身，就进入梦乡。

芦苇除了编席，还可盖房造屋，也可以造纸。

芦花也有用。

芦花是芦苇成熟时开出的花，紫白色，垫脚干爽暖和，做垫软如海绵。小狗也知道芦花好，见主人收藏芦花，叼起一朵往窝里跑……

芦苇

蒲草

蒲草学名水烛,长于河沟、水塘、沼泽地,乡间多见。

春天,蒲草芽尖露出水面,随波而动,多情而柔美。小鱼好奇,成群结对游过来,与新芽戏耍。有经验的孩子下钩垂钓,不要半天,柳枝上就串满小鱼,运气好也能钓到大鱼。蒲草一天一个样,到夏季长得比孩子高,像屏风遮住水面,有风吹来,发出飒飒声响。男孩子胆大,以蒲草为屏障,与小伙伴捉迷藏。秋天到来,蒲草变黄,蒲果成熟,远看满塘金色,为乡间美景。

在农人眼里,蒲草全身是宝——

蒲草嫩茎、嫩芽,俗称蒲菜,是美味佳肴;

叶片用于编织蒲扇、蒲鞋、蒲包、蒲席;

蒲果花絮,俗称蒲绒,可填床枕、可垫脚取暖,还有止血功效;

蒲茎、蒲叶是柴火,拖到纸厂能卖钱。

苏北民间,流传着蒲草救兵的感人故事——

宋朝女英雄梁红玉与丈夫韩世忠抗击金兵,转战中困入芦苇荡,给养之路中断,数百官兵忍着饥饿与金兵作战,前景堪忧。派出去找粮的军队迟迟不归,可能毙命金兵之手,也可能饿倒在找粮路上。梁红玉心急如焚,在芦苇荡里走来走去。也是急中生智,梁红玉想到身边的蒲草,于是拔茎品尝,可食。士兵们一一效仿。肚子里有了食物,也就有了作战的力气与勇气。最终,梁红玉与韩世忠击退金兵,赢得胜利。

胜利,功在蒲草!

从那时起,农家人开始食用蒲草。

水灾年头,粮食绝收,蔬菜被淹,蒲草却长得旺盛,农人靠它度过灾年。

蒲草贱为草本,却能救人于危难,此为厚德胸襟,大地情怀!

蒲草

茅草

茅草的生命力极为顽强,河堤、沟畔可安身,盐碱地也能生长,春天葳蕤出一片新绿,秋天给大地披上金装。

茅草的根扎得深,生在河堤、沟畔可以固堤护坡,水大浪急泥土不会坍塌;长在盐碱地,让瘠薄充满生机,给萧条带来希望。

茅草最受孩子们青睐。

春天里的茅草青葱柔嫩,有风吹来摇出一片新绿,孩子们手拿镰刀,不多会篮子就满了。嫩茅草小羊、小兔喜爱,牛也钟情。牛吃相不雅,见了嫩草满眼贪婪,阔嘴如同切割机,一篮草眨眼就不见踪影。羊也好不到哪里去,见到好草像与谁争抢,嘴不大却塞得满。还是兔子吃相好,像个淑女,娴静典雅,一根草吃完再续下一根。

秋天,稻谷成熟,四野飘香,茅草也由青变黄,进入成熟期。这时的河堤、沟畔全被金黄覆盖,盐碱地也给人美感。

成熟的茅草从内心抽出一穗球状物,形如狗尾,孩子们称之为小毛咪。小毛咪绒如棉絮,轻若鸿毛,噘嘴轻吹飞出一串绒状物。绒状物随风而去,悠悠荡荡飘向远方。

那是茅草的种子,它们落地生根,只待春临大地就会长出新芽。

茅草生生不息,孩子们无意间做了传播者。世间好多事都存在于无意之间。

茅草的根水分足，嚼了甘甜解渴，润喉清肺。冬日干燥，有孩子咽喉肿痛、唇生火疮，去野地刨一把茅草根，洗净生嚼或熬水服用，不用几日，肿消了，疮也好了。

地生万物，每个物种都独立存在，别的物种不能取代。

茅草

巴根草

巴根草

巴根草善于变化，能耐堪比魔术师——气候干旱时，它紧缩身体，叶子小而少，茎上的节多而密，为的是保住体内水分，当其他植物因干旱而枯萎时，它却在繁殖生长；发生水涝时，它舒展肢体，叶子多而大，茎上的节长而稀，其他草因水涝而死亡时，它却蓬勃向上，绿意盎然。

巴根草耐热耐寒，烈日炎炎，它郁郁葱葱；数九严寒，它将叶子化为柔软的植物纤维，保护着茎和根，待到来年春风起，又是一片青葱绿。

在我的记忆里，乡村的道路两旁是长着巴根草的。绵绵细雨天，路面生出青苔，稍有不慎就会摔倒，摔脏衣服事小，跌伤筋骨事大。孩子们出门上学，母亲千叮咛万嘱咐，要他们贴着路边走。起先孩子们不理解，待摔了跟头才知母亲言之有理——巴根草防滑，走在上面脚底稳实，无滑倒之虞。

巴根草对孩子们好，孩子们也有回报——下田割草，道路两边的巴根草是留着的。

回报就是感恩。

草长路边，是对哺养它的大地的回报。

草且如此，何况人乎？

感恩是人的品德，也是美德。

艾草

有一种草全身布满香气。

有一种草与人类生活密切相关——

端午节,人们将它插于门楣,悬于堂中,用来驱蚊、避邪;

用它沐浴,可消毒止痒;

用它泡澡、熏蒸,有助产妇康复;

用它编制花环、佩饰,女人佩戴既芬芳美丽,又能驱除瘴疠;

用它做枕可以安眠助睡解乏,做背心有防病治病之功效;

用它泡脚,健身康体,一身轻松;

……

它,就是艾草。

艾草全身是药,有祛湿、散寒、止血、消炎、平喘、止咳、抗过敏等作用。艾叶晒干粉碎可制艾绒,制成艾条供艾灸用。艾叶还是制作印泥的主要原料。

艾草也是食用作物,可制作艾叶茶、艾叶粥、艾蒿馍、艾蒿肉丸等。它的嫩叶、新芽是蔬菜,经常食用,能增强人体对疾病的抵抗能力。

草本植物里,有如此多功效的少。

草中翘楚,当数艾草!

艾草

草木生香

马齿苋

马齿苋卑微，长在田头、路旁、杂草丛中，人踏牛踩，兔食羊啃，雨水淹不死，骄阳晒不枯。连根拔起，连日暴晒，沾到地气还能成活。野生植物里有如此顽强生命力的实为少见。

马齿苋叫法多种，有叫长命菜、九头狮子草，也有叫马叶菜、五行草……地域不同，叫法不一。

马齿苋是菜，也是草。

是菜，可果腹。

干旱年头，粮食绝收，马齿苋却长得旺，有风吹过枝动叶摇，给饥肠辘辘者带来生的希望。

于是村庄的炊烟里有了马齿苋的清香气味——

炒；

煮；

蒸；

溜。

饥饿者吃了马齿苋，肚子不那么饿了，身体原有的不适也悄然消失。

他们无暇顾及，继续以马齿苋为食。马齿苋骤减，有人担心没了马齿苋日子难以为继。上苍有眼，天降甘霖，一夜间马齿苋又茂密起来。

这就是长命菜的由来。

是草，它是牲畜的好饲料。

牲畜吃了马齿苋添膘长肉，且无病恙。

何因？

医者知道，马齿苋是药材，是多种疾病的克星。

卑微者的体内却藏有大能量。

马齿苋，上苍使者，人类福星！

马齿苋

菊花脑

菊花脑不娇贵，种子落地生根，早春一棵，盛夏一丛，金秋一片。

沃田种庄稼，薄土生长菊花脑。

寸土寸金，农人自有安排。

菊花脑是开胃美食。

起先不知，农人见牛羊不感兴趣，当杂草除之。

认识它纯属偶然。

村里有位老人生病，几天不吃不喝，急坏了家人。一天老人突然开口，说肚子饿了。

老伴闻后高兴，问他想吃什么。

老人想了想说：菜粥。

正是青菜结籽时，满园找不出一颗嫩菜。

巧妇难为无米之炊。老伴一筹莫展，一边叹息一边想办法，蹀躞至屋后，见树丛里长着一片菊花脑。老伴低头闻，有青菜味；掐一片叶子放进嘴里嚼，微苦，继而弥漫出一股清香气味。确定无毒，于是掐一把回家。

菜粥做好，老伴舀一勺品尝。爽口、鲜美，比白粥香，是美味。

老伴盛给老人，老人胃口大开。人是铁饭是钢。连吃几顿，老人的病不治而愈，几天后能下田干活了。

消息传开，菊花脑成了抢手货。

发现事物，离不开契机，还需要探索的勇气。

菊花脑

灰条菜

灰条菜色彩灰暗,不如苋菜艳丽,农人叫它狗尿菜、猪菜、灰灰菜。听名便知,农人不待见。

灰条菜低调、谦逊,不以名贱而自卑,不怕涝、不畏旱,长在路边,脚踩蹄踏不会死;生于荒野,与野草为伍,春华秋实,走过一生。

灰条菜是猪菜,农人用它喂猪。

一年水灾,地成汪洋,数日不退,五谷全死。粮食绝收,有人靠树皮度日,有人挖野菜充饥。树皮吃完,野菜渐少,饥民将目光投向灰条菜。

这是猪菜,人能食用吗?

饥饿如刀,在剜割饥民的肠胃。辘辘饥肠,亟待食物。

保命要紧,饥民纷纷走向田野,吃了才知,灰条菜无毒。

那年的灰条菜有如神助,前面割去,不几天又灰灰长出一片,真乃"野火烧不尽,春风吹又生"!

水灾过后有疫疠。

出乎预料,这一年,受灾之地无疫病。

功劳归于灰条菜。

灰条菜让人安度灾荒,还能解毒,为伤者解除痛苦。

一女孩在野外割草,遭毒虫叮咬。女孩没当回事,继续劳作。稍顷,伤处开始红肿、奇痒,还有疼痛感。女孩怕抓破皮,随手掐取两棵灰条菜在伤处搓揉，不一会，伤处不痛不痒了，再一看，红肿也已消退。

女孩把这事告诉家人，村里一读过私塾的老者听说后查典籍，得知灰条菜的营养极为丰富，含有人体所需的蛋白质、脂肪、糖类、维生素等营养成分；具有清热、泻火、通便、解毒、杀虫功效，主治痢疾、腹泻、湿疮、痒疹、毒虫咬伤；常吃有助于增强人体免疫力。

合上典籍，老者大发感慨：到处寻宝，殊不知宝就在身边啊！

灰条菜

枸杞

枸杞多刺，形似蒺藜，耐寒抗旱，多见于荒郊野岭、滩涂碱地，即便戈壁沙漠也枝青叶绿、郁郁葱葱，生命力极其旺盛。

枸杞嫩芽可食，掐下清炒，是一道美味佳肴。

枸杞子能养生，被誉为神草，常吃使人年轻。

传说古时有一药农入深山采药，走到半山腰，发现一户人家，药农好奇，前去探望。推开柴门，见一男一女正在交谈，声音渐高，仿佛吵架。药农想劝说几句，于是走进院里，发现二人年龄悬殊，一个老妪，像妈妈，一个中年，像儿子。药农由劝说变为训诫，要做儿子的懂得伦理，知道尊长敬老。

药农嗓门大，说话如山石滚动，惊得二人慌慌起身。中年人上前一步，问药农：老夫老妻在家里说话，关你何事？

药农心有疑问，转脸问老妪：他说的可是真？

老妪说：没错，我是他妻，他是我夫。

药农心里嘀咕：这对夫妻，年龄差距也太大了啊。他问老妪：你多大？他多大？

老妪答：我80，他80，同龄。

药农不信，问中年人，得到相同答案。药农好奇心大发，问中年人：你已80，何以这么年轻？

中年人看药农朴实，于是一五一十告诉他，说老夫这把年纪不显老，是枸杞子的功劳啊。刚才和老妻说话，就是要她食用枸杞子。

得知真相，从深山返回时，药农挖了几棵枸杞苗，与名贵药草栽到一处。由此，枸杞从山里传到山外。

年代久远，传说真假无可考证，但枸杞走入千家万户却是事实。

枸杞不择地，野生野长，春天发芽，夏、秋果熟。果为枸杞子。熟果如火，闪烁在枝叶间，像似邀人采摘。

采摘者不贪心，采摘时手下留情，有意无意留下一些，于是过往飞鸟也有了吃食。

大地之物，以土为生者，都应有份。

桃树

桃树不用栽，吃完桃子，把桃核埋于地下；第二年春天，地下就会拱出嫩苗，嫩苗长大就是桃树。

桃树3月花开，开花时满树花朵，艳若火焰，招蜂引蝶，煞是好看，花谢就有了青果。青果小如谷粒，毛茸茸，像个棉球。青果渐大，到鸡蛋大小就成熟了。成熟的桃子，朝阳一面呈紫红色，像一盏盏小灯笼。紫红色的小灯笼掩映在绿叶间，成为乡间一景。

熟透的桃子香甜、脆嫩、爽口，是王母娘娘的最爱。农历三月三，王母娘娘的诞辰日，这一天，她大摆宴席，主食——蟠桃，让各路神仙乐不思归。孙悟空大闹蟠桃会的故事，进了学生课本，不知者少。

神仙爱吃桃，凡人也爱吃桃，但种植的人并不多，原因有二：

其一，怕馋嘴孩子偷食熟果殃及庄稼。

其二，桃子是水果，不能当饭吃，种植桃树有点得不偿失。

关于桃树还有祛邪避祸一说。

乡间传说，一不满周岁的孩子被母亲抱去亲戚家，回来得了夜哭症（白天昏睡，夜晚哭闹），孩子母亲被折腾得疲惫不堪。这天深夜，母亲抱着哭闹的孩子在院子里溜达，走到桃树下，孩子安静下来。母亲不明就里，当孩子哭累了，于是回屋睡觉。哪知刚进房间，孩子又号啕大哭，母亲怕影响家人，快步返回院子里。走到桃树下,孩子又安静下来。母亲也是黔驴技穷,想你喜欢桃树,那就折一枝放在床头。有桃枝作伴,孩子不哭不闹,放到床上就睡着了。

好事传千里。

从那时起,大凡孩子走亲戚或出远门,家长就会折一根桃枝拿在手上。还别说,有桃枝伴行,归来后,孩子平安无恙,没有灾祸。

渐渐地,种桃的人家多起来。

种桃不为结果,为的是祛邪祈福。

桃树

杏树

杏树与桃树一样,也不用栽,头年埋下杏核,第二年长出嫩苗。嫩苗的叶柔柔的、嫩嫩的,米粒大小、豆粒大小、指甲大小,边缘有齿,但不割手。根、干紫红色,光滑,如同苋菜。

苗,一年尺许,二年人高,三年开花结果。

果即为杏。

杏树是吉祥树——"杏"与"兴"同音,寓意兴旺、发达。

图吉利,农人家家种杏树。

未熟的杏子酸,能酸掉牙齿。

6月杏熟。成熟的杏子甜中带酸,酸中含香,如饴似蜜,入口即化。

我上过杏子的当,责任在我,不在杏。是嘴馋惹的祸。

麦黄时节,我去姑母家做客。姑母见侄儿,比自己的儿子还要亲,对侄儿宠爱有加,有求必应。麦黄杏熟——这就是我来姑母家的缘由。

走进姑母家的院子,我馋猫似地嗅一嗅鼻子,一股好闻的气味进入鼻孔。我打个喷嚏,高兴地扑向姑母。

小孩子没耐性,不一会就向姑母提要求。姑母放下我,说:这就为你做好吃的。

我的目光投向院中的两棵杏树,姑母看透我的心思,明知故问:想吃吗?我以笑作答。

姑母与我分工——我摘杏，她做饭。正合我意。

杏树不高，我坐在枝丫上大快朵颐，姑母在灶房里忙碌。铲勺叮当，炊烟袅袅，锅里的粥还没煮好，我的肚子已经饱了。到了吃饭时，我一口吃不下。

夜里我闹肚子，折腾到天亮才消停。

为此，姑母受到姑父的严厉批评。

姑母很是自责，在姑父面前，她成了一个犯错的学生。

孩子的错要大人承担，看似不合理，却是一种特殊的爱的表达方式。

下一年，麦又黄，杏又熟，可我没去姑母家。

没去，不是不想，而是担心姑父怪罪杏子，不想姑母再受批评。

姑母无辜，杏子无错。年长一岁，懵懂孩子已成懂事孩子，他要给姑母和杏子正名，让姑父知道错的是侄儿。

杏树

枣树

枣树是果树，木材利用价值不高，农人不愿多栽，要栽也就一两棵，而且栽在院内。栽在院内，是怕馋嘴孩子偷吃枣子。

枣树长得慢，几年才有胳膊粗。

胳膊粗的枣树开始结果了。

枣有奶头枣、马奶枣等品种。奶头枣小，肉细、甘甜爽口；马奶枣大，肉质粗松，吃在嘴里好像豆腐渣。

农人多栽奶头枣。

枣树5月开花，枣花香气扑鼻，老远就能闻到。蜜蜂最喜枣花，从早到晚在花蕊上嗡嗡嘤嘤地忙碌。

到七八月，枣开始由青转红，成熟了。馋嘴孩子三三两两地聚集在一起，商量如何将奶头枣吃到嘴。

孩子们首选的是三爹家的那棵枣树。

三爹家的枣树长得高，果子多，一嘟噜一嘟噜的晃人眼睛。孩子们做这个决定还有一个原因——三爹慈眉善目，发现了也不会体罚他们。

几个孩子先侦察后试探，见万事大吉便猴子般地上了树。孩子们有所不知，他们的身影刚出现三爹就知道了。三爹没有声张，是怕声张了吓着孩子，枣树满身针刺，孩子受到惊吓划破手脚事小，从树上摔下事大。孩子们不贪心，每个人摘一把就会溜下树来。

到8月末，枣子全部成熟。

采摘枣子那一天，孩子们在树上，大人在树下。先采低处，后摘高处。大人不时提醒孩子，要他们当心。

孩子向高处攀爬，梢头还有几串没有采摘。

大人要他们下来。

孩子不解，问为啥？

大人看一眼天空，见有鸟飞过，说："你们知道枣子甜，鸟雀也知道。"

这个村庄里其他的大人对孩子说的可能是同一句话，于是每户人家的枣树枝头都留有几串枣子。枣子红红的，像一个个小火球，鸟雀老远就能看见。

枣树

梨树

梨树由棠梨树嫁接而来。

嫁接是技术活,也是细活,村里少有人会。

父亲会,且是高手,他嫁接的梨树成活率高。到了春天,小草吐绿,梨枝含苞时就有人上门请他。接下来几天,父亲是忙碌的,那把嫁接专用刀很是锋利,藏在盒子里,随身携带。

父亲问来人:嫁接几棵。得到答复,父亲进了自家园子,在梨树下转一圈,挑选满意的母枝,用剪刀剪下。来到那户人家,父亲取出专用刀,将要嫁接的棠梨树拦腰截断,削出坡面,靠皮处剖一小口,继而削母枝。技术全在这里,如果母枝削不好,嫁接也就失败了。父亲削好母枝,小心地插入剖口处。这活如同人体接肢,来不得半点马虎。插好母枝,父亲捏一撮湿土包住削面,再用塑料纸裹起、扎紧。到此,整个嫁接就完成了。过几天,那个母枝的芽苞吐出嫩叶,树就成活了。

那户人见此,上门感谢父亲。父亲心里受用,嘴上却谦虚:举手之劳,不用客气。

一般人家嫁接梨树也就一两棵,不为卖钱,图的是给孩子解馋。

桃花3月开,梨花也是3月开。

桃花红,梨花白,红花、白花晃人眼。

梨花谢去,孩子们就盼梨熟。

梨树

  时间很漫长，等待煎熬人。梨子长到指头大小，孩子们就偷着品尝。待到成熟，低处的早已吃光，剩下的都在高处。

  农人吃梨颇有讲究：不管梨子大小，从不二人分食——"梨"与"离"同音，分梨就是分离，不吉利。

  恋人尤为注意，宁愿不吃也不分梨。

苹 果

苹果是苹果树之果实,形美色艳,爽口开胃,人人喜爱。水果排名,苹果位居前列。

孩子脸蛋圆润,皮肤细嫩,人们常用苹果形容。苹果也是出远门者首选果品,既有平安之意,也可旅途解渴。苹果还被唱作人写进歌曲,一首《小苹果》传遍全国,继而走进广场,成为大众健身舞曲。

苹果树耐寒,不惧霜冻。

十月怀胎一朝分娩,说的是人。产妇生下孩子,需要进补,唯有补才能恢复体力。

苹果树亦然。

用果农的话说:一斤果子一斤肥。意思是一棵树摘下多少斤果子,就应施多少斤肥料。

果树开花、结果如同女人怀孕,要消耗大量的营养物质,被摘走果实的树如同生了孩子的女人,身体极度虚弱,这时要给树增补营养。有了营养,果树才有御寒、抗病能力,翌年才能枝繁叶茂,才会开花、结果。

苹果还有特殊之处——启迪心智。英国物理学家牛顿从一枚苹果的自然脱落,发现万有引力定律。苹果成就了牛顿,使他登上科学顶峰。

苹果,智慧之果!

柿树

柿树也要嫁接，但比梨树泼皮，枝接、芽接均可。

柿树开花晚，花开时已是满树嫩叶，花朵隐在绿叶间，犹抱琵琶半遮面，很是含蓄。桃树、梨树、杏树热烈、招摇，不等长叶已爆出满枝花朵。

植物世界里，不同植物也是性格各异，习性有别。

柿树是长寿树，百岁以上还在结果，且产量不减。仅此一点，就深得农人喜爱。

长寿，是人类最向往的事。

柿树抗旱，耐湿，不怕瘠薄，春华秋实，管理或放任，同样生长。诸多优点集于一身，农人爱它也在情理之中。

柿树很会保护自己——它的果实不经处理不能食用，误食将受惩罚。馋嘴孩子不知情，把柿子当桃梨，到手便吃，一口下去唇舌涩麻，像个哑巴不能言语。

吃一堑长一智，再见到柿子，孩子们就会绕道走。

柿子由青转黄，时令已至仲秋。黄是成熟标志，可以采摘了。

采回柿子，放到阴凉通风处，几日后由硬变软，颜色也由黄转红，这时就可以放心食用了。若想提早食用，可以埋进粮食，也可以放入棉胎中。

柿子富有营养，吃着别有滋味。同时，又具有药物功能，对多种疾病有疗效。

植物界隐藏着诸多神秘密码,它们在暗中神灵般的护卫着人类。破译如此,不破译亦如此。

柿树

银杏

银杏又名白果树，农人叫它公孙树。

公孙树，意为生长慢、寿命长，即公公种树，孙子得利，含有前人栽树，后人乘凉之意。此树极具观赏性，在名山大川、古迹名胜中多见，树高遮天蔽日，细者桶粗，粗者几人合抱。树龄长则千年，短则百岁。

百岁、千年，仙树！

银杏喜阳，耐寒，不怕旱，适宜温暖湿润气候。

果树界，数银杏生长慢，一年这样，二年这样，三年依旧这样，似无变化。

银杏木材细腻、柔韧、耐磨，为军事和工业用品首选材料。根做砧板，耐用、不伤刀。厨师说在银杏砧板上剁肉馅，白天"吃"进多少，夜里"吐"出多少。砧板"吐"出的肉新鲜，即便夏天也不馊不腐。这就是银杏与普通树木的区别。

银杏分公母，公树4月开花，花粉随风而散，母树百里内皆能受孕。

银杏果10月成熟，俗称白果。

白果寓意美好。乡间婚事，全福奶奶会在新人的被角处藏一把白果，意为百年好合、白头到老；生孩子，白果不可少，寓意长命百岁、百事顺心。

白果是美食，老少皆宜，而且还有药用价值。不说抗衰老、通畅血管、增强记忆力,单说对老年痴呆症和脑供血不足有治疗作用,就让人喜欢。

走进乡间,不难发现,每家门前都栽有一两棵银杏。

银杏果对人体有益,却不可多食,过量导致中毒。

万事有度,度即法则。

法,不可逾越!

银杏

猕猴桃

猕猴桃营养丰富，口感好，堪称"果中之王"。

王者，居高位也。

《樱桃好吃树难栽》是山西民歌。其实，说树难栽，猕猴桃首当其冲——

论温度，猕猴桃爱温暖湿润，怕高温，惧寒冷；

论水分，猕猴桃喜水怕涝，既不耐旱也不耐湿，对土壤水分和空气湿度要求极严；

论光照，猕猴桃爱光怕强晒，最喜半阴环境；

论土壤，猕猴桃宜在深厚肥沃、透气性好、富含有机质土壤中生长；

除此，猕猴桃还易受风害。

物竞天择，适者生存。自然法则如此严酷，猕猴桃却能生存并受青睐，得益于它的自身价值——

猕猴桃的叶是饲料，可以喂养牲畜；枝条富含胶质，是造纸调浆剂，用于建筑可起加固作用；根是杀虫药；花是蜜源；树植于田园，极具观赏性。

猕猴桃能稳定情绪、降低胆固醇、促进心脏健康，还有乌发嫩肤、提高免疫力、抗癌、抗衰老、抗肿消炎等功能。

大美集于一身者，唯有猕猴桃。

"果中之王"，实至名归！

猕猴桃

葡萄

葡萄好栽易活，根栽、扦插皆可，栽在园内是凉棚，插到院外是风景。走进乡村，家家都有一架葡萄。

在农人眼里，葡萄代表着吉祥，含有多子多福、人丁兴旺之意，更有粮丰草足、家庭富饶之意。葡萄成熟季节，走亲访友，随手摘几串，送去的是吉祥，主客皆欢；家有来客，伸手摘一串，边品尝边聊天，脸上满是甜蜜；邻里走动，也以葡萄相赠。

最开心的是老人和孩子。老人牙齿松动，吃梨需咬、吃枣要嚼，为一口吃食，丢了牙齿不划算。吃葡萄不用担心，一口一个，嘴一抿，连皮带籽一起下肚。孩子开心的是，葡萄一串一串地垂于叶下，圆嘟嘟亮晶晶，想吃手到擒来，比摘梨、打枣来得容易。

葡萄味美可口，具有极高营养价值和药用价值，常吃健脾和胃，对心脑血管疾病也有抑制作用。

诗人钟爱葡萄：王翰、李白、杜甫、刘禹锡、辛弃疾……他们为世人留下许多赞美葡萄的优美诗篇。画家画葡萄，最具影响力的有：徐渭、八大山人、吴昌硕、齐白石……

这些诗人、画家如星辰闪耀在历史的天空，与天地同在。

世间万物，入诗入画者几何？

诗人写葡萄，画家画葡萄，酿酒师用葡萄酿酒。

葡萄美酒，世界闻名。酒是一种文化。

果品上升为文化，是葡萄的内涵和特质所定。

核桃

核桃为果树，但不娇气，种在荒山，绿一座山；栽到路旁，既美化环境、净化空气，又为行人遮阴挡阳；种在庭院是一柄伞，雨天挡雨，夏日遮阳，佑护一家人。

核桃果龄长，百岁仍结果，产量不减当年。老当益壮，当数核桃！

核桃5月开花，9月果熟。

核桃

熟果就是核桃。

核桃为坚果，壳硬，敲开见仁，果仁含有人体所需的丰富营养素。

有人说吃什么补什么，也就是"以形补形"。核桃仁外形像大脑，于是民间便有吃核桃补脑、健脑之说。大脑，人体神经中枢。一个人学业如何、事业成败，甚至居家生活、处世交友，均由大脑决策。大脑决定人生。养护大脑，给大脑活力，首选核桃。

核桃，大脑助力器！

核桃的功效毋庸赘述。经过艺术加工的核桃，成为文玩，走俏市场，是核桃的又一亮点。

一枚核桃一旦成为文玩，身价倍增，这是艺术的力量，也是核桃自身价值体现。

所谓人有所求，物有所值是也。

核桃养护大脑，人类用大脑解密未知。

能否这样说，核桃就是探索世界、打开未知之门的金钥匙？

栗 子

栗子抗旱耐涝，傲霜斗雪，不畏严寒；不择地，适宜各种土壤；吸粉尘，不怕有毒气体；产量稳定、管理方便，为绿化、生产两栖树种，农人把它叫作"铁杆庄稼"。

铁杆：忠心耿耿，两肋插刀。

栗子，我国特产，可熟食，亦可生吃。补肾健脾、强身壮骨，民间誉之为"干果之王"，医学界称之为"肾之果"，外国人叫它"人参果"。

光环耀眼，一身荣誉。

栗子春季花开，秋天果熟。

吃栗子先掰壳，再去皮。皮是尤物，将其捣散，用蜂蜜调和，涂脸去皱纹，令人面部光润，显得年轻。

恰如民间所言：土方气死名医。

走进栗子产区，老者精神矍铄，中气十足，说话声如洪钟；年轻人肤色滋润，面露红光，走路脚下生风。那里不见"三高"，也无心脏疾患。

功劳归于栗子。

栗子香甜味美，实为人间美食。

说到富含淀粉、饱含能量的干果，首推栗子。

自然灾害频发年代，全国多地缺衣少食，饥饿与寒冷夺走无数人性命，唯独栗子产区安然无恙。毋庸置疑，是栗子雪中送炭，给饥饿者提供果腹之物和抵御寒冷的热能。

　　栗子，救命之物！

　　佛说：救人一命，胜造七级浮屠。

　　栗子，功载史册！

栗子

桂圆

桂圆形似传说中的龙的眼睛,南方人称之为"龙眼"。此树四季常绿、喜温、耐旱、耐瘠,产量高,农人喜爱种植。

桂圆寿命长,能活400岁。

400岁,4个世纪。

桂圆春天开花,开花时蜂飞蝶舞,浓香扑鼻,令人陶醉;夏日果熟,果熟时硕果满枝,景象喜人。

桂圆鲜果肉呈淡白色,透明如凝脂,清香脆嫩,堪称果中珍品。焙干为桂圆干。桂圆干功效多,不仅养颜护肤、安神定志、养血安胎、降脂护心,还能增强记忆、延缓衰老、抗菌、抑制癌细胞。

桂圆的叶、壳、核均可入药——

叶,泻火解毒,主治感冒、疟疾、疔肿、痔疮;

壳,祛风,主治眩晕耳聋、痈疽久溃不敛、烫伤;

核,内用于胃痛、疝气痛,外用治疗外伤出血。

桂圆木质坚硬,纹理细致,耐腐,不受虫蛀,为车辆、船舶、桥梁、水工、高级家具等用材。

桂圆的花是蜜源,桂圆蜜具有桂圆的浓烈香气,蛋白质含量高,是蜜中上品。

桂圆,美的化身!

在农人的生活词典里,桂圆是奢侈品,只有病人、产妇、年老体虚者有权享用，健康者少有问津。于是，桂圆就成了儿女孝敬父母的最佳物品，也成为亲朋好友互访时的馈赠礼品。

桂圆寓意健康、圆满。送桂圆就是送健康，就是送圆满。

世间之物，还有比桂圆更好的馈赠品么？

榆树

诸多树种里，榆树最受农人青睐。受青睐不仅仅是因为榆树的坚硬木质，还有它的叶、榆钱和皮。榆树叶、榆钱的营养可与蔬菜媲美，皮可入药，磨碎也可食用。

困难时期，是榆树让农人度过饥荒，远离死神。

可以这样说，农人青睐榆树，就是青睐蔬菜和粮食。走进农村，熟悉树种的人一眼就能看出，多数人家房前种榆树，屋后也种榆树；田头栽榆树，沟边、路旁也栽榆树。

民以食为天。

毫不夸张地说，栽种榆树就是栽种温饱，就是栽种希望。

故乡有棵榆树，虬枝龙根，树干遭过雷击，半枯。炼钢时有人想锯它当柴烧，几位老人日看夜护，拼死保护。

锯树人不解，说："一棵丑树，锯了也罢！"

老人说："儿不嫌母丑，狗不嫌家穷！"

锯树人说："它是树，榆木疙瘩！"

老人说："你的祖先吃过它的叶，吃过它的榆钱，还吃过它的皮——它是你的祖宗，你敢否认吗？"

锯树人无言，逃也似的走了。

时过几年，先是涝，后是旱，连着三年，粮食颗粒无收，好多村庄饿死人，唯独故乡没有。

是榆树救了故乡人的命。

滴水之恩，涌泉相报。

故乡人明这个理。

榆树

桑树

桑树木质细腻、绵柔，做扁担有弹性，挑担省力；做农具经久耐用，寿命长。桑树枝条可编箩筐；桑皮可造纸；桑葚能当水果，还可酿酒；根皮可入药；桑叶用处更大——喂蚕。

桑树浑身是宝，地位却不高。

要怪只怪名字。

桑树的"桑"与"丧"同音，听起来不吉利，农人忌讳。桑树做的八仙桌、椅子、凳子可以登堂入室，树却不能在院内生长，即便长在院外，也不能对着门和窗。

这是农人的偏见。

春风吹绿大地时，桑树长出嫩叶。嫩叶绿油油的，有点卷曲，像赖床的慵懒女子。再过几天，叶面舒展开来。

与桑树叶一同舒展身体的是蚕宝宝。

桑叶是蚕的粮食。农人采摘桑叶喂蚕，蚕吃了桑叶一天天长大，桑叶快吃完时蚕也成熟了。

可以说，桑树是为蚕而生的。

也可以说，没有桑树就没有蚕。当然了，没有蚕，农人也就缺少一项重要的经济来源。可见桑树对农人有多重要。

桑树不计得失，不管长在何处，都把根扎进大地深处。桑树知道，只有根深才能叶茂，才能喂养更多的蚕。

桑树是只知付出，不图回报的树种。

桑树

杨树

　　杨树的种类百余种,农人钟情的是意杨(此树原产意大利,故名意杨)。

　　意杨也泼皮,根栽、枝插都能成活。

　　春临大地,冰雪融化,是栽插意杨的最佳时节。

　　意杨顶天立地、蓬勃向上、心无旁骛,看架势能把天钻出窟窿。

　　有人把意杨称为"钻天杨"。

　　钻天杨,形象的名字,阳刚、霸气!

　　意杨生长快,几年就成材。

杨树

添新衣,锯倒一棵;孩子上大学,锯倒一行;盖新房,锯倒一片。

意杨是农人的活期储蓄本。

可以说,种植意杨就是种植钞票。

意杨保值,比养牛省力,比喂猪省事,比种粮划算。

除了保值,还有益处——

美化环境,净化空气;

防风抗灾,保护家园;

固土防沙,维护生态;

……

意杨益处多,这就是农人钟情的理由。

柳 树

柳树泼皮，不论环境，不问土质，插下一枝就能成活，如同穷孩子，有口吃的就能活命。

放眼望去，河塘边、沟渠旁有柳树，大堤上、路两侧也有柳树。

水涝年份，低洼处一片汪洋，大水漫过柳树的腰，有风刮过，柳树枝摇叶动，仿佛向人求救。有人担心柳树难逃此劫。时过几日，大水退去，别的树种枝枯叶黄，纷纷死去，唯有柳树依然如故。有风吹来，树叶沙沙作响，仿佛在说：甭担心，我没事。

干旱天气，数月不见一滴雨水，庄稼枯萎了，好多树种已是饥渴难耐、奄奄一息，唯有柳树绿意盎然，还是原来模样。

有一种叫作垂柳的柳树，此树长枝及地，柔软如丝，微风吹来如濯发少女，给人诗意遐想。

柳树的叶能吹出曲调，摘一叶入口，村庄里就飘扬出优美的旋律。

一个孩子一支歌，几个孩子一台戏。

柳树的嫩枝可编篮子，也可编雀笼。农村的孩子手巧，心也灵，一个人学会什么，不出当天，村里的孩子都会做。

柳树成材用处多——姑娘出嫁陪只箱子，小伙娶亲打个橱子，翻盖房屋做桁条……

柳树为农人所栽，长大为农人所用。

杉树

杉树高大挺拔、威风凛凛，具有男人的阳刚美，人称"世界爷"。杉树是世界上最大的活生物。有人考证，国外有一棵巨杉，树高83米，直径11米，重量2 800吨，树龄超3 200年。

这就是"世界爷"，世界级的爷们！

爷，辈长年高，受人尊敬。

敢称"爷"的树种，只有杉树。

霸主地位，谁人能撼？谁人敢撼？

杉树令人喜爱。喜爱的原因是它易栽培、生长快、用途广、收益高。

杉树具有纹理直、结构细、材质轻柔、耐腐防蛀等特点，是建筑、桥梁、造船、家具的上等材料，我国的建材有四分之一来自杉树。

这是"世界爷"的骄傲。

杉树气宇轩昂、顶天立地，用于绿化，既美观，又提神壮胆。院后栽几棵，仿佛士兵看家护院，给人安全感、踏实感。劳动归来，看一眼杉树，身体仿佛注入一股力，疲惫倦怠随之而去。

杉树励志。

家有杉树，孩子志向远，家长心气高。

杉树，给人精神，让人向上，令人奋进！

杉树

楝树

为人治病的是医生。

为动物治病的是兽医。

让周边的树少受虫害侵扰；助遭受毒虫叮咬的人，肿消痒止，痛感减轻，这种树人称"树木卫士"，外国人叫"神树""健康之树"。

它就是楝树，又名楝枣树。

楝树皮肤光亮，通身犹如涂油，即便长在树丛，一眼也能认出。

楝树开花，花不香；结果，果不能食用；叶子油绿，有苦艾气味——不是优点的背后却藏有大秘密——

花、果、叶、根皮均可入药，加工提炼用途更多。

楝树木材轻软，纹理清晰，有光泽，是打制家具的上等材料。

面纱揭开，青睐者多起来。

院内栽一棵好乘凉，孩子玩耍无蚊蝇；

菜园栽一棵免打药，蔬菜卫生少污染；

树丛栽一棵驱害虫，树木卫士"防火墙"；

……

楝树光滑、无刺，一群孩子忽而树上，忽而树下，攀爬速度堪比猴子。

曾经的孩子已成大人，如今在城市当"蜘蛛人"的打工者，登高之技大多是在楝树上练就的。

楝树

松

松的生命力极其顽强，不分地域，不问环境，傲视干旱，笑对薄瘠，在裸露的矿质土壤里生长，在砂石、火山灰、钙质土、石灰岩里生长；在50度高温下生长，在零下60度低温环境里也生长。种在荒山为山披一身绿，长在城市是一道亮丽风景。

黄山迎客松是黄山的标志性景观，已成为我国与世界人民和平友谊的象征。

泰山松被写成歌曲、戏剧，被世人传唱。

江西的庐山、辽宁的千山等诸多名山，都以松的景色而驰名。

爱登山的人对松不会陌生，在赏景时，定被松的雄伟、苍劲震撼过，也为松的顽强、坚韧惊叹过。每座山都长有松，松似乎为山而生，山也因松而名，二者已成一体。

很难想象，在耸入云霄的岩石上，松是如何落地生根的；高处不胜寒，松是如何耐住寂寞，又是如何生长的。

很难想象，在巨石的罅缝里，松是如何破隙而出的；那罅缝是地壳运动留下的，还是松之年轮撑开的。

很难想象，松扎根悬崖，身下是万丈深渊，躯干凌空而出，它是如何抗击风暴雨雪，又是如何保持躯体平衡的。

更难想象，松是如何抱住巨石并巍然挺立——

一粒松籽不知是大风使然，还是小鸟为之，来到巨石边，日见太阳，夜吸露水。是种子就要发芽。这粒种子遵循自然规律，

松

熬过漫漫长冬，等待积雪消融，在一个春风劲吹的夜里萌出嫩芽。世界送给嫩芽的第一件礼物是鸟鸣，第二件礼物是一缕阳光——光很短暂，倏忽之间就被巨石吞没。两件礼物很贵重，足够嫩芽享用终生。嫩芽感恩，嫩芽感激上苍给予生命，于是生根，于是发芽，于是生长。巨石挡道，根无处扎。天无绝人之路——根改变战术，变根为蔓四处寻找，遇石攀石，遇物绕物。前进，一丝丝伸展；前进，一线线延长。攀爬、缠绕，缠绕、攀爬，天长日久，永不言弃。十年？百年？千年？谁也说不清，于是就有了现在的模样——树抱石。

　　一棵松树，抱着巨石兀兀然屹立于大山，令过往者惊叹不已——

　　惊叹松信念之坚定！

　　惊叹松毅力之不可战胜！

　　惊叹松不畏逆境、战胜艰难困苦的坚韧精神！

竹

竹,枝干挺拔,四季青翠,傲雪凌霜,古人称之为"冬生草"。古今文人墨客,爱竹咏竹者众多。

司马迁赞美竹:"竹外有节礼,中直虚空。"

白居易称颂竹:"水能性淡为吾友,竹解心虚即吾师。"

司马光评价竹:"雪霜徒自白,柯叶不改绿。"

苏东坡对竹情有独钟:"宁可食无肉,不可居无竹。"

郑板桥擅长画竹,并有多首题诗,其中一首《竹石》,是自勉,也是颂扬:"咬定青山不放松,立根原在破岩中。千磨万击还坚劲,任尔东西南北风。"

竹者重节,竹是君子的化身。

竹与古人的生活也是息息相关——

竹书纪年;

丝竹管弦;

竹楼;

竹筏;

竹榻;

……

竹之寓意、竹之成语举不胜举:竹报平安、竹苞松茂、青梅竹马、茂林修竹、胸有成竹、势如破竹……

当今社会,竹与人的生活更是须臾难离:农业、水利、园林绿化、荒山造林、纺织、造纸等等。

竹，还是国宝熊猫的食物。

竹生长快，根茎匍匐于地，蓄势待发，如箭在弦，一旦春雨来临便破土而出，一天拔高一两米。

竹，嫩时可食，竿用途宽广，根可制作文玩，叶可入药。

借用苏东坡的话说："食者竹笋、庇者竹瓦、载者竹筏、炊者竹薪、衣者竹皮、书者竹纸、履者竹鞋，真可谓不可一日无此君也。"

竹

梅花香自苦寒来 戊戌年春月崔成写

梅

梅

梅位居我国十大名花之首,与松、竹并称"岁寒三友",与兰、竹、菊合为"四君子"。身份显赫,光环耀眼。

传统文化中,梅是高洁、坚强、谦逊的象征。

寒风料峭,大雪纷飞,梅花绽放。梅开百花先。梅的盛开,是向人间传递喜讯——春天即将来临。

梅,春的使者!

梅开五瓣,五瓣象征五福。庭院栽一株,有五福临门之意。从古至今,梅一直是人们心目中的吉祥之物。

梅极具观赏性。古代的文人雅士,视赏梅为一件雅事。梅花盛开时,邀几好友,踏着积雪,悠悠前行,且赏且吟,以不同的心境和审美写下了流芳千古的咏梅佳作。翻阅古籍,梅诗、梅书、梅画数不胜数,上至帝王将相,下至黎民百姓,均有名篇佳句传世。

开国总理周恩来一生爱梅,童年时期在庭院栽下一株梅。一个多世纪过去,这株梅长得枝繁叶茂,年年喷香吐艳。

宝剑锋从磨砺出,梅花香自苦寒来。周恩来一生以梅自勉,官至一品,德亦一品。

庭院植梅愉悦家人,院外栽梅美化环境,梅桩制成盆景可以赏玩。

梅不仅仅可观赏,花、叶、根、果还能入药。

集大美于一身者,当属梅!

兰花

兰花喜阴、爱湿润，原为野生花卉，现为著名的盆栽观赏植物，我国的十大名花，位列第四，与梅、竹、菊同称为"四君子"。

传统兰花，指的是中国兰，主要品种有：春兰、蕙兰、建兰、墨兰、寒兰等。

兰花花色淡雅，香气清幽，风格独异，具有质朴文静，高洁典雅的气质。

兰花

"芝兰生于深林,不以无人而不芳。"

人们欣赏兰花甘与草木为伍,不与群芳争艳,不畏霜雪、坚忍不拔的刚毅品质。古人以"兰章"喻诗文之美,用"兰交"喻友谊之真,借兰花表达纯洁的爱情——"气如兰兮长不改,心若兰兮终不移。"

古代爱兰、养兰、咏兰、画兰者甚多。

元代的余同麓本无名,因其《咏兰》诗被后世铭记。

"手培兰蕊两三栽,日暖风和次第开。坐久不知香在室,推窗时有蝶飞来。"

一首诗写尽兰花风韵。

《咏兰》与史同在,芬芳人间。

菊花

菊花故事多，看它的花名便知一二：

碧空银花、冰雪再暴、春风杨柳、彩霞飞舞、东海得月、粉面桃花、高山流水、黄鹤游天、黄山云雾、金鸡报晓、金狮喜舞、孔雀开屏、嫦娥奔月、杨妃醉舞……

毋庸质疑，每个名字背后，都会有一段精彩动人的故事。

故事充满悬念，让人猜测，令人遐想。

菊花独立寒秋、高雅脱俗、隽美多姿、一身傲骨，自古以来深得志士仁人、文人墨客钟爱——

屈原有感于菊花的高贵品格，写下"朝饮木兰之坠雾兮，夕餐秋菊之落英"的著名诗句；

陶渊明爱菊成癖，写下"采菊东篱下，悠然见南山"的千古绝唱；

元稹更是直言"此花开尽更无花"；

……

菊花随遇而安，耐酸、耐碱、耐寒、耐旱，适应各种土壤。

"家家争说黄花秀，处处篱边铺彩霞。"

菊花，在中国十大名花中位列第三。

寒秋到来，菊花次第绽放，品种之多，花形之繁，色彩之丰，堪称花卉之最，让人目不暇接。

菊花用途广泛，不仅具有极高的观赏价值，而且药食两用，有着良好的保健功效。

菊花，君子之花，彰显高士风范。

菊花

水仙

水仙,别名金盏银台,又称凌波仙子。为温室花卉,极具观赏性,在我国已有上千年的栽培史,名列"十大名花"之中,还是花中"四雅"、雪中"四友"之一。

名声远播,妇孺皆知。

水仙生命力顽强,一碟水、几粒卵石便展翠吐芳。寒冬腊月,万花凋零,草木皆枯,水仙却葳蕤生长,跟随早春脚步,为人间送上缕缕清香。

立春,二十四节气之首,也是新春佳节来临之时,水仙花开,饱含祝福、贺岁之意。

水仙花芬芳清新,幽雅高洁,置于案头,宁静致远,令人文思泉涌;放于客厅,素雅祥和,舒适恬静,尽显家之温馨;摆于卧室,净化空气,远离噪音,有益健康。

水仙花象征如意、纯洁、吉祥、高尚。男女相赠,表明心有所属,情爱忠贞;亲友相送,传递的是思念;送与长辈,表达的是敬意。新春佳节,家有水仙,寓意阖家团圆、幸福美满……

柬埔寨把水仙视为国花,漳州市把水仙定为市花,福建省步其后尘,又将水仙定为省花。

水仙,炙手可热!

水仙不单可观赏,还有用途——药用有清热解毒,镇痛消肿等疗效;花茎提炼可调制香精、香料;窨茶叶,可制成高档水仙花茶。

　　美中不足的是鳞茎有毒，牲畜误食有生命之虞。

　　毒是保护伞，为水仙撑起一方晴空。

水仙

万年青

万年青叶不秀丽,花不出众,可算其貌不扬,却惹人喜爱。

喜爱,是因为名字美——万年青。

喜爱,还因为不择土,易栽培。

男女成亲,布置婚房,万年青为首选之物。

乔迁,万年青与家具一道落户新家。

兄弟分家、邻里相处,万年青被植在地界处,成了友好见证。

拜访长辈、探望病人,万年青是最佳祝福花卉。

……

万年,即永远,寓意不言自明。

万年青抗热耐寒,不怕贫瘠,随遇而安,树下生长,草丛里也生长,春天一棵,秋天一簇。

走进乡间,万年青为多见物种。

城市没有土地,养花者将万年青植入花盆,当盆景观赏。

万年青,人见人爱。人们爱它的名,也爱它的内在。万年青通身可入药,用它治病,有清热解毒、散瘀止痛之效。

万年青

飞禽海错

蚕

蚕是宝。

蚕吃的是桑树叶,吐的是丝,结的是茧。蚕茧可以卖钱,是农人重要的经济收入。

蚕对农人贡献大,农人把蚕当宝贝。

是宝就娇气,不如家禽牲畜好养。

首先要讲卫生。

不洁人家把蚕当家禽喂养,结果以失败告终。

蚕

多数人家是能养好的。能养好蚕的人家必有一个勤快、干净的女人。

可以说，蚕是专为女人生，也是专为女人来这个世界的。

母亲就是养蚕好手。

幼蚕出壳前，母亲开始打扫庭院，用生石灰消毒，如迎接新生儿一般用心。喂养幼蚕，母亲更是细心——桑叶要亲手采。母亲要赶在太阳升起时出门，她采摘的是带晨露的嫩叶。

蚕经过四次长眠、四次蜕皮就快成熟了，这时的蚕食量大，母亲夜间也要喂几次。母亲说蚕吃"壮饭"，喂得好，吐的丝就多，结的茧也大。母亲白天的大部分时间都在采桑叶，直到蚕停止进食才歇手。

蚕结茧，母亲有一种宗教般的神圣感，她不让孩子去蚕室，自己走路也轻手轻脚。母亲怕响声影响蚕吐丝。

卖茧这一天母亲最开心——她挑去的茧既白又大，是全村最好的，当然价钱也最高。

这是蚕对母亲的回报。

我们也开心——母亲手里有了钱，就会扯布为我们做新衣。

蜜蜂

蜜蜂也是宝。

比较而言，蜜蜂比蚕省心。

说省心，不是说蜜蜂不娇气，可以像家禽牲畜给点吃食就添膘长肉，而是不用喂，只需养。养也简单，就是提供一个干净场所。

养蜂的方法有两种。

一种是在墙上凿个圆洞，圆洞里塞上一只笆斗，笆斗底钻几个可供蜜蜂进出的孔。蜜蜂有了家，就忙进忙出地采花酿蜜了。

第二种用木头做成方形箱子，箱子可以移动，方便搬运。专业放蜂人用的就是这种箱子。

农人不是追花人，用的是前者。

春暖花开时节，蜜蜂在某一天就把家分了。

看似突然，其实早有征兆。分家前一天夜里，蜜蜂们很不平静，如士兵出操，又像海水涨潮发出阵阵声响（那是蜜蜂在改编、划分人员）。有经验的人知道新蜂王已经出生，要分家了，第二天会留人看守，并做好准备。

蜜蜂分家多是上午，起先有蜂飞进飞出，把侦察到的情况向蜂王禀报。蜂王得到消息发出指令，成群的蜜蜂飞出来，在空中打转，等候蜂王。蜂王出来，蜂群就出发了。有经验的人抢先一步，迎着蜂群高抛灰土。蜂群遭到拦截，便不再远行，就近择一棵树，或是屋檐落下。

我的父亲是养蜂行家,他见蜂群结成团体,便用小斗轻轻地将蜜蜂收进来,然后用布蒙住斗口。村里有人讨要,父亲要是给了,说明这户人家干净,能养蜂;若是婉拒,那么这家定有问题。一窝蜂有无数小生命,养不好就糟蹋了。

蜜蜂采花酿蜜,蜂蜜润肺止咳。谁家孩子咳嗽,父亲会从蜂房里取一点蜜,熬制好让母亲送过去。蜂蜜富有营养,村里的老人大多吃过我家的蜂蜜。

有的人怕遭蜂蜇,不敢养。

蜜蜂尾部的刺是自卫利器,当它的生命遭受威胁,它会舍命相拼。蜜蜂知道,它的利器扎出之时,也是它的生命结束之日。

生命只有一次,没有谁拿生命当儿戏。

蜜蜂也是。

蜜蜂

压压油

压压油是神鸟，存在于传说中，是否真有，无人知晓。

越是说不清的东西越有传奇性。

世上三样宝：蚕、蜜蜂、压压油。

蚕吃树叶吐丝，蜜蜂采百花酿蜜，压压油喝晨露长油水。三样宝与人类生活息息相关。

传说每当压压油的肚子里长满油水，就累累巴巴地飞到一户人家去，"压压油""压压油"地叫个不停。这户人家的女主人听到叫声，将压压油轻轻抱起，取刀剖腹，香喷喷的油流进碗里，用手掂掂，足有二两。压压油流尽最后一滴油，女主人将压压油的肚子缝起，放飞。压压油一身轻松地飞走了，继续喝晨露，继续长油水，待肚子里积满油水，又累累巴巴地飞往另一户人家……

真是神鸟啊！

有人见过神鸟吗？

没有。

说到这里，我突然明白，传说中的压压油原本就没有，而是农人杜撰。

——世间事不必太较真，有的存在于传说中，是否真有并不重要，重要的是念想。

人有念想，日子才有盼头。

知了

知了不是鸟，但会唱歌。

知了的歌声单调，"吱——""吱——"，不成曲调，锥子般的扎人耳朵。

夏至后，天气转热，阳光白炽炽的，照射在皮肤上有烧灼感。知了偏在这时候凑热闹，声嘶力竭地高唱起来，聒耳、闹心，听得人心烦。

知了的歌声不美，却能给孩子们带来欢乐。

夏至过后，藏在地下的知了猴于天黑时分钻出土层，悄然爬到树上蜕壳。知了猴蜕壳后就是知了，也就是蝉。

选择天黑出土，为的是安全。世界上最聪明的是人，就在知了猴以为万事大吉，争分夺秒地沿树攀爬时，孩子们出门了。孩子们来到大树下，屏声敛息，仔细搜索，不多时就有了收获。

捉知了猴最佳时机是暴雨过后。经过雨水洗刷浸泡，忍无可忍的知了猴会提前出洞，躲在洞内想等天黑现身的也逃不过孩子们的眼睛——雨水揭穿知了猴的秘密，伸手取它如同瓮中捉鳖。

但总有漏网者。

知了猴蜕壳后长出一对翅膀，可在树间飞行。

捕捉知了很有趣，方法有二：一是粘，用面粉洗出面筋，将面筋裹在芦柴顶端，发现知了轻轻上举，接近知了快速出击，知了的翅膀就粘在面筋上；二是点火诱捕，知了趋光，夜晚在树下点火，敲击树身，知了受到惊吓如飞蛾一般扑向火光。

两种方法充满乐趣，给炎热的夏天带来快乐。

知了猴与知了药食两用，药用对多种疾病有疗效，食用有益健康。

知了的一生多半在地下度过，在天光下的时间仅有两三个月。

两三个月，短暂，却光明。

知了

喜鹊

喜鹊是吉祥鸟,深受农人喜爱。

谁家树上搭有喜鹊窝,这户人家的日子一定好过。

这也合乎情理——喜鹊爱在高大的树上做窝。有大树的人家,肯定不用为吃穿操心,也不会受生活困扰。

喜鹊像个傻大姐,粗门大嗓、没心没肺,天明时分最爱叫,一开口,全村都能听到。

"喳——喳——喳——!""喳——喳——喳——!"

喜鹊叫,好事到。

喜鹊从窝里飞出,离开时会叫上几声,其意是告诉它的孩子,它觅食去了。这家人听到满心喜欢。喜鹊报喜,好事临门。继而想:会是什么好事呢?用好的心情猜测、好的心情等待,等来的必定是好事——

丈夫在田里挖了一筐野菜,晚上饭桌上加了道菜;

妻子锄地时,锄头翻出一枚硬币;

儿子做买卖,晚上盘账,大钱没赚,吃饭钱还是有的;

儿媳做针线,手指被针扎了一下,竟然没出血;

孙女在学堂,注意力不集中,老师发现了,叫她回答问题,孙女一阵紧张,张口乱说,不想说个大概;

孙子蹒跚学步,跌个嘴啃地,抱起一看安然无恙;

……

喜鹊

事情接二连三,没有一件糟心事。

人过的是心情,有了好心情,才会满眼春色。

这都是喜鹊的叫声带给他们的。

喜鹊真的是吉祥鸟!

作为回报,农人家的果子熟了,梢头那几个要留给喜鹊;庄稼成熟,收割时也要抖落几粒给喜鹊。喜鹊有了吃食才会把窝建在村里,农人也才会听到它傻大姐似的叫声。

燕子

燕子亲近人类，人类把燕子当朋友。关于鸟类的成语中，燕子最多，赞美它的诗文也不少。幼儿入学，学唱的儿歌里就有赞美燕子的——

"小燕子，穿花衣，年年春天来这里，我问燕子你为啥来？燕子说：'这里的春天最美丽！'……"

一首歌让孩子从小就爱上燕子。

这是燕子的幸事。

人们赞美燕子，是因为燕子一生都对人类做益事。

春来秋去，在这半年里，燕子每天要吃掉千余只害虫。

燕子做善事，人类也善待它——对它在檐下做的窝，不让孩子捕，更不让孩子伤害幼燕。孩子忘性大，玩起来会把大人的话丢到脑后。大人未雨绸缪，编出故事教育他们，说谁碰燕子谁倒霉，男孩子碰了长雀斑，女孩子碰了长蝴蝶斑。雀斑、蝴蝶斑长在脸上难看，男孩子长大了讨不到媳妇，女孩子长大了找不到婆家。

孩子听了吓白了脸。

故事比说教好，孩子们记住了。

于是燕子在一户户屋檐下筑巢做窝，养育子女。有燕子的人家，蚊蝇少了，果树、蔬菜也少有害虫。

傍晚时分，燕子觅食归来，一家人团聚巢内，唧唧喳喳，你

燕子

一言我一语地交流起来。燕妈妈细说捕捉害虫时的喜悦和对孩子们的思念。燕爸爸亲昵地看着燕妈妈，说的也是孩子的事，它说孩子们一天天大了，它担心它们不老实，从窝里坠落……燕妈妈抢过话头，不让燕爸爸说。燕爸爸自知说错了话，连声道歉。

燕子的恩爱样子，被男女主人看到，他俩你望我、我瞅你，也像燕子那样交流起来。

——燕子不仅是益鸟，还是恩爱夫妻。

布谷鸟

布谷鸟,学名杜鹃,是世间少见的懒鸟。

说它懒,是它不哺育自己的孩子,而是把蛋生到人家窝里,让别人孵化、喂养。小布谷鸟出生后,为了吃独食,把别人家的孩子挤到窝外,让其毙命。

这么说,布谷鸟不单懒,而且颇有心计。

人之初,性本善。

布谷鸟有悖常理,人类非但没对它口诛笔伐,文人墨客还吟诗作赋赞美它,农人也美化它,叫它催耕鸟。

催耕,听起来土气,却饱含诗意。

清明过后,布谷鸟不分昼夜地啼鸣:

"播谷!"

"播谷!"

"播谷!"

——这是春忙号角,也是开犁信号,沉睡一冬的土地在犁铧下苏醒了,泥花翻滚,到处飘荡着新泥的芳香。

"播谷!"

"播谷!"

"播谷!"

布谷声中,四野一片繁忙。

春种一粒粟,秋收万颗子。

布谷鸟

"播谷!"

"播谷!"

"播谷!"

布谷鸟的叫声代表的是一个节令的到来。诗人赞美它,农人美化它,其实是对节令的诗意表达。

布谷鸟沾的是节令的光。

麻雀

麻雀是最具争议的鸟。半个多世纪前人们叫它"老家贼",与苍蝇、蚊子、老鼠统称"四害",人类用箩筐捕之,敲锣驱之,打鼓赶之,欲将其赶尽杀绝,可谓命运多舛,直到伟人批示才得以平反。小小麻雀闹出如此动静,鸟类中绝无仅有。

时光荏苒,几十年过去,麻雀的身价有所提高,但远不如喜鹊和燕子。

麻雀不想一步登天,也不愿进地狱。

金无足赤,麻雀不否认自身弱点。

麻雀的缺点是好吃,稻谷飘香时,它要抢在农人之前飞去田野尝尝鲜;食物不足,也会飞进院落偷食几粒农人晾晒的谷物。

仅此而已。

麻雀形不惊人,貌不迷人,但也有值得称颂的一面——它的勇敢被外国的一位作家写进文章,让人类对它刮目相看——

一天,这位作家打猎归来,亲眼目睹一只老麻雀为保护幼雀与猎狗对峙的悲壮场面。这是弱小与强悍的对峙,是鸡蛋硬往石头上碰,老麻雀不惜牺牲自己,用身体掩护幼雀,猎狗窘住了,撤退了。

强悍输给了弱小。

石头让位于鸡蛋。

这是爱的力量!

麻雀

成语云：麻雀虽小，五脏俱全。

又云：欢呼雀跃。

这是中国人常用的两句成语。上句比喻事物体积或规模虽小，具备的功能却很齐全；下句说的是人欢乐时也会像麻雀一样跳跃。

有这评价，麻雀足矣！

黄鹂

黄鹂也称黄莺、黄鸟,羽色艳丽,是有名的胆小鬼,连孩子都知道——

森林举办声乐大赛,百鸟齐聚,个个上台表演,都拿出看家本领,把水平发挥到极致。最后轮到黄鹂上场。黄鹂胆怯,红着脸往后退,想找个藏身的地方。后面空无一鸟,黄鹂暴露在光天化日之下。大家看着黄鹂,鼓励道:"小黄鹂,勇敢一点,别害怕!"黄鹂看一眼大家,一声不吭地低下头。有只鸟说:"小黄鹂,快唱啊,再不唱黄花菜就凉啦!"黄鹂抬起头,嘴巴张了张,还是不敢唱。最终黄鹂失去了比赛机会。目送大家远去,黄鹂的胆子渐渐变大,于是小声唱起来,不想声音愈唱愈大,连唱几首才停下。唱完了,身后响起一阵噼噼啪啪的掌声。原来是小喜鹊藏在大树后面,它听了黄鹂的歌,情不自禁地拍起手来。

小喜鹊说:"小黄鹂,你唱得真好!"

黄鹂听到表扬,脸又红了,不好意思道:"不好!不好!"

小喜鹊又说:"你刚才要是唱了,准得第一名!"

"谁说不是第一名?"小喜鹊和黄鹂顾着讲话,没想到大家都回来了,而且都听到黄鹂唱的歌。大家一致推举黄鹂,黄鹂也因嗓音圆润嘹亮、低昂有致、清脆优美、富有韵律,摘得大自然"歌唱家"这项桂冠。

从此,黄鹂有了信心,每到春夏便唱个不停。

黄鹂鸣声悦耳,古人把它的歌喉称之为"莺歌",并以莺音入诗。一代伟人毛泽东也写下赞美诗句。

黄鹂体形大于燕、小于鸽,栖于林,筑巢于树,多数为留鸟,少数迁徙,主食昆虫,是有名的益鸟。

益鸟当保护,人类应铭记。

黄鹂

百灵鸟

百灵体型如同麻雀,种类不多,常见的仅几种。聪明,会学其他鸟语,能模仿多种小动物的声音,人称"鸟中歌手"。

百灵中有一类叫云雀。云雀,顾名思义,以云为伴,直达云霄。

云霄,雄鹰抵达的高度——百灵飞行时能拔地而起,边飞边鸣,直冲蓝天,在高天保持身体平衡,悬翔于一点鸣唱,优美身姿令人爱慕。百灵歌声嘹亮,声色委婉,持续时间长,别的鸣禽不可相比。

百灵勇敢、机智,探险家亲眼见到,百灵与"沙漠之王"响尾蛇搏斗的惊险场面。

这是一场以小对大、以弱敌强的战斗,场面惊心动魄——

一天,百灵在沙丘上觅食,被一条饥肠辘辘的响尾蛇发现了,于是悄悄靠过去,就在响尾蛇张开血盆大口准备进攻之时,百灵闪电般的跃身而起,紧接着用双爪撞击响尾蛇的头部。响尾蛇的阴谋没能得逞,恼羞成怒,再次扑向百灵,百灵巧妙躲过,飞到空中,像一架战斗机俯冲下来,用它那双并无重力的脚爪狠狠击打响尾蛇。起初响尾蛇满不在乎,只当百灵给它挠痒痒,但次数多了就不那么自在——百灵瞄准的是一个点,锲而不舍、坚韧不拔,每次都精准无误地击打在响尾蛇的头部。头部为响尾蛇的要害处,打得多就有了疼痛感。十次、百次、千次,响尾蛇承受不住了,身子一软瘫在沙丘上。这是一场力量悬殊的较量,最终以百灵胜利告终。

胜利后,百灵抖擞精神,继续觅食。

此为勇者风范。

百灵生性大方,不怕炎热,不畏寒冷,夏食昆虫,冬吃草籽,极易驯养。人类了解百灵这一特点,于是在宠物名册里,给它留下一个席位。

百灵鸟

画眉

画眉长有一双美丽的白眉,酷似女人的眉毛,故得此名。

此鸟为鸣禽,能模仿多种鸟的叫声,鸣声婉转动听,高时激昂洪亮,低处悦耳多变,极富音韵;还会学人话、兽叫和虫鸣,人类称它为"林中歌手"和"鸟类歌唱家"。

画眉生性机敏、胆怯,但极爱争斗。

先说机敏、胆怯。

画眉善跳跃,终日穿飞于丛林中,遇情即隐,不好接近。

再说争斗。

画眉

繁殖季节，如果一只雌性画眉周围有两只以上雄性，便有一场恶战，以示爱情不容侵犯。战争终有胜负，只有胜者才会赢得雌性的芳心。

幸福来之不易。

按说这对"新人"应该相伴永远，白头偕老。事实不然，到它们的儿女羽毛丰满，能够独立生活时，不久前通过战争组建起来的"小家庭"同时宣布解体，到下一年繁殖季节，新一轮争战又将开始……

对画眉而言，爱情只是假象，喜新厌旧才是本真。

在农村，女人骂画眉不是好鸟，是它把男人教坏的。

不管女人怎么骂，画眉的优点不可抹杀——

一是爱清洁、讲卫生。画眉每天洗浴，不分季节，从不偷懒。

二是画眉的食物以昆虫为主。昆虫是农林天敌，捕食昆虫，就是为民除害。

世间事少有完美，人亦如此，何况鸟乎？

相思鸟

相思鸟别名红嘴玉、红嘴绿观音、恋鸟,西方人叫情鸟。

恋鸟、情鸟,中西方文化的高度一致。

鸟类里,相思鸟最讨女人欢心,她们把它视为吉祥和爱情的象征。好友出嫁,闺蜜馈赠一对相思鸟。意义有二:一是祝福,希望一对新人如相思鸟一样对爱情忠贞,形影不离,相伴永远;二是提醒,期望闺蜜出嫁后,有了爱情,别乐不思蜀,忘记友情。

女人重情,她们的生活词典里,爱情第一,友情第二。

托物言志,这是女人的哲学,也是女人的处世方式。

相思鸟羽色华丽,姿态优美,活泼可爱,鸣声悦耳,是国内外有名的观赏鸟。此鸟也是湖南省省鸟。

省鸟,省级代言,对外形象。

相思鸟生活于丛林,有时也到村庄、庭院和农田附近的灌木丛中安家。主食昆虫,也吃果实等植物性食物。

食虫之鸟,当属益鸟。

相思鸟

鹦鹉

鹦鹉

鹦鹉种类多，有 300 余种。

知道鹦鹉是因为一则成语故事。

故事讲的是，一个贪官非常喜爱鸟，他养了一只鹦鹉。这只鹦鹉聪明乖巧，贪官甚是喜爱，每天把它抱在怀里，教它说人语。天长日久，鹦鹉学会很多话。一次贪官在家说皇上的坏话，鹦鹉一字不落全部记住。一日，皇上去这个贪官家微服私访，鹦鹉看是皇上，就把贪官说的坏话原原本本地学说一遍。皇上得到收拾贪官的证据，于是把他打入大牢。

这则故事就是成语鹦鹉学舌。鸟，或以婉转悦耳的鸣声取胜，或以色彩斑斓的羽毛夺目。鹦鹉二者兼有，除此还长有一张独具特色的钩喙。

初见鹦鹉，人们无不对它的钩喙产生好奇，甚至揣测这样的钩喙如何觅食，又如何喝水。

真是杞人忧天，庸人自扰。地造万物，各有各的生存本领。

鹦鹉聪明伶俐，善于学习，能模仿人语，人类把它当作智慧的象征，画家画它，邮票用它做图案，有的国家将它奉为国鸟，让它登上国徽宝座。

鹦鹉本该像其他飞禽一样自由快乐地生活于森林，却因乖巧机敏，擅于表演，最终沦为马戏团、公园、动物园的赚钱工具。

这是鹦鹉的悲哀，也是人类对聪明的一种戕害！

鸳鸯

鸳鸯,古人说鸳指雄鸟,鸯指雌鸟。

鸳鸯有中国官鸭之称。此鸟貌似鸭子,体小,喜潜水、善飞翔。栖息于森林河流、湖泊、水塘、芦苇和沼泽中。吃杂食。

雌鸟羽色灰暗。雄性嘴喙红色,脚蹼橙黄,羽衣鲜艳华丽,并具金属光泽,双翅长有一对船帆一样的直立羽,极具观赏性。

鸳鸯生性机警,行动敏捷。野外觅食成群结对,饱餐后返回栖息地,一对"侦察兵"在空中盘旋瞭望,确认无险才招呼同伴落下;如有情况,则报警,与同伴一道迅速逃离。

鸳鸯

人们的印象里，鸳鸯经常成双结对地嬉戏于水中，相亲相爱，缱绻缠绵。古人常用鸳鸯比喻男女情爱，夫妻感情。古代神话故事和文学作品中多有描写，后人耳熟能详。民间，鸳鸯有琴瑟和鸣、永结同心、百年好合之意。巧妇们把鸳鸯绣于枕，于是有了"鸳鸯枕"；绣于被，有了"鸳鸯被"；绣于扇，有了"鸳鸯扇"；兵家将鸳鸯铸于剑，于是有了"鸳鸯剑"；画家们挥毫泼墨，于是一幅幅"鸳鸯戏水"图走进了万千新人家……

鸳鸯，夫妻表率，永恒爱情的象征。

其实不然。

事实真相是，当雌鸟有了孩子，雄鸟便会冷淡雌鸟，时隔不久，雄鸟还会另觅新欢；伴侣中，如果一方遇难亡命，活着的一方也会伤心，不过几日后也就忘记心痛，寻找新的配偶去了。

是世人不解鸳鸯禀性？还是已知而不愿道破？

个中原由，人类自己清楚。

乌鸦

乌鸦做好事,也做坏事,总体功大于过,算是益鸟。有的人戴有色眼镜,不看乌鸦好的一面,无限放大它做过的坏事。如此一来,乌鸦的名声就坏了。

这是偏见。

偏见来自于乌鸦的外衣,还有它的叫声。

乌鸦的外衣不如喜鹊大方,也不如燕子典雅,看着像丧服;叫声也难听,"哇""哇",像报丧,听着刺耳。

乌鸦的坏名声源于一个传说。

传说某一天,有只乌鸦飞过一座村庄,在村庄上空哇哇叫了几声,好多人听到了。不巧的是,这座村庄有个老人卧病在床,茶水不进,生命危在旦夕,这一天仙逝了。老人的生命之灯飘摇多日,早不熄晚不熄,偏在这一天熄灭。有人想起乌鸦飞过村庄时的叫声,认定乌鸦是罪魁祸首,是它惹鬼上门,把老人带去阴间的。

众口一词,乌鸦的名声坏了。

真是冤枉。

乌鸦做的坏事就这么几件:当捕捉的害虫不能果腹时,会到农田啄食几粒稻谷;还会偷食鸟蛋,不过是偶尔为之;食腐肉应该是优点,那是净化空气,让人类少受污染。

人类颠倒黑白,抹杀它的好。说实话,乌鸦每天捕捉的害虫不比其他益鸟少。

乌鸦有自知之明，它的聪明鸟类少有——乌鸦喝水的故事小学课本里有，上过学的人都读过。

读过的书忘记了，是人类健忘。

乌鸦坚信，终有一天，持有偏见的人会还它一个公正评价！

乌鸦

蝙蝠

蝙蝠吃的是"以貌取人"的亏,因长相丑陋、砢碜,而不受人欢迎。

童年时听老人说蝙蝠是老鼠变的。

老鼠夜行,行为鬼祟;蝙蝠夜出,举止诡异,二者一个德行。

于是信了老人的话。

也有疑问:老鼠怎么会变成蝙蝠?

老人说:老鼠好吃,它偷吃了不该吃的东西。

蝙蝠

问：什么东西？

老人答：盐！

这就是做贼的下场！

老鼠是"四害"之一，它变出的东西肯定比老鼠坏。坏东西就要打，棍棒、竹竿是武器，蝙蝠成了过街老鼠。

这对蝙蝠有点不公。

蝙蝠食昆虫，对自然界的生态平衡起着重要作用。

人类受蝙蝠敏锐的听觉启发，发明了雷达。

蝙蝠的粪便制成夜明砂，可用于眼疾。

这是蝙蝠对人类的贡献。

当然害处也有，譬如传播疾病。

凡事有利就有弊，有益亦有害，这就是事物的两个方面。

又想起老鼠变蝙蝠的故事。故事本身是假，老人的真实用意是要孩子做好人，不做偷偷摸摸等苟且之事。

明白一个道理需要时间，更需要用心。

咕咕鸟

咕咕鸟形同鸽子，叫声如泣如诉："咕——咕——咕！""咕——咕——咕！"听起来好像呼唤哥哥："哥——哥——哥！""哥——哥——哥！"

字字血泪，句句揪心，听得人心碎。

咕咕鸟爱在清晨和傍晚时分鸣叫，也爱在雨后鸣叫。人在这几个时间段里，感情最为脆弱，听了咕咕鸟的鸣叫声，心里最柔软的那根弦被拨动了，伤感的事乘虚而入……

咕咕鸟栖息在树林里，农村有，城市的居民小区里也有。

传说咕咕鸟是人托生的——

一对亲兄弟，哥哥懂事，弟弟顽皮。一天父母下湖捕鱼，出门时母亲叫哥哥照顾好弟弟，别让他捅娄子。哥哥答应，母亲放心而去。

父母一早出门，太阳落山时没有回来，天黑了也没有回来。哥哥一边照顾弟弟，一边焦急地等待父母。

煎熬的一夜，弟弟呼呼大睡，哥哥辗转难眠。

东方刚露鱼肚白，哥哥就起身出门，他面向东方，向父母离去的方向张望，羊肠小道上没有父母的身影；他爬到树上，打起眼罩向远处眺望，小路尽头依然不见父母的身影。哥哥焦急万分，他向树的高处攀登。树在晃动，哥哥站立不稳。是刮风吗？看别的树不动，哥哥又向树下看，见弟弟抱着树在摇晃。哥哥想制止弟弟，弟弟撅着屁股正在使劲，哥哥没来得及出声，就从树上摔下来。摔得太重，哥哥像睡着一般躺在树下。弟弟想把哥哥摇醒，可哥哥再也没有醒来。弟弟知道自己闯下天大祸事，伏在哥哥身上哭泣："哥——哥——哥！""哥——哥——哥！"弟弟哭得死去活来，哭声并没能唤醒哥哥。几天过后，弟弟变成了鸟，这鸟就是咕咕鸟。

"哥——哥——哥！"

"哥——哥——哥！"

……

听了这个传说，孩子们的心性有所改变，再不敢任性顽皮了。传说和故事有着教化作用，这就是世世相传并被铭记的理由。

咕咕鸟

鸽子

鸽子亲近人类，爱与人类伴居。

近朱者赤。

受人类文明熏陶，鸽子的婚姻态度、生活方式也与人类相同——

一夫一妻，夫妻共同哺养子女。

鸽子记性好，谁待它好就亲近谁；恋巢，出生的地方就是家，就是故乡，不管飞行多远，心中有家；不管身在何处，故乡永远是牵挂。

鸽子

人类利用鸽子这一特点，让它做信使，还让它竞翔。

也有人利用鸽子这一特点，做利己之事——

鸽子孵出幼鸽，幼鸽长大拿到集市上卖。买主买回幼鸽，把它们关进笼里，想过几日幼鸽就会认家，可以打开笼门任其进出。几日后幼鸽出笼，在空中飞行几圈，待辨明方向便一去不返。

幼鸽去哪里了？

回故乡！

卖者看幼鸽回家，喜不自禁，没几天，幼鸽重返集市。

这就是"放小鹰"。

买者中也有智者，他们想出一个妙招：笼养幼鸽，待它们长大产蛋、孵出幼鸽再还其自由。

时过数月，幼鸽为父做母。幼鸽有了自由身，可摆在它们面前的一边是儿女，一边是故乡。幼鸽思乡心切，但难舍儿女。幼鸽在两难中煎熬，在两难中度日。

儿女们一天天长大，羽毛也一天天丰满，终于学会飞行，也能外出觅食了。到返乡的时候了，幼鸽深情地看一眼儿女，展翅蓝天，毅然决然地飞走了。

幼鸽回到魂牵梦绕的故乡。

故乡是起点，也是终点。

故乡，是鸽子的宗教！

啄木鸟

啄木鸟有"森林卫士""林木医生"称号,像个农夫起早贪黑,终日劳作,"笃""笃""笃""笃",是它唱给森林的歌。

在人们的印象里,很少见到啄木鸟成对嬉戏或结伴玩耍,它们栖于森林,劳作于森林,终身与森林为伴,任务只有一个:捕捉害虫。

啄木鸟勤快,一天要捕捉约 1 500 条害虫。

1 500,数量惊人!

"笃""笃""笃""笃",一条天牛幼虫被啄出。

"笃""笃""笃""笃",一条藏身于树干深处的蛀虫,企图躲过一劫。狐狸再狡猾,也逃不过好猎手——啄木鸟巧施"击鼓驱虫"妙计,一番较量,最终蛀虫成了口中美食。

"笃""笃""笃""笃",这是啄木鸟敲给害虫的丧钟。

啄木鸟极有耐心,一棵树上不管有多少害虫,今天捉不完明天继续,直至捕完才会离开。

一座村庄,有两三对啄木鸟,树木便能健康生长。

"森林卫士""林木医生",名不虚传!

啄木鸟种类多,体形不一,大者似鹊,小者如雀。分有二色,绿色与斑点。绿啄木鸟色彩鲜艳、华丽,像个精灵,极为醒目;斑啄木鸟色如树体,较为隐蔽,循声寻找才可发现。

造物主赐给啄木鸟一张锋利的嘴喙和一颗防震头颅——它

们用嘴喙啄开树体捕捉害虫，头颅在嘴喙极速啄击中安然无虞，不受损伤。人类研究啄木鸟的头颅结构，于是有了安全帽和防震盔。

这是啄木鸟对人类的又一贡献。

发明需要启迪，启迪无处不在。

啄木鸟

猫头鹰

猫头鹰面相似猫,钩嘴锋爪,目露寒光,昼伏夜出,行为诡异,人们不太喜欢。民间称它是不祥之鸟,也有说它是逐魂鸟、报丧鸟。"夜猫子进宅,好事不来。""不怕夜猫子叫,就怕夜猫子笑。"这些流传于民间的俗语,说的都是它。

猫头鹰叫声阴森、刺耳,酷似鬼叫,夜间冷不丁从林间传出,赶夜路的人听到浑身起冷子,脚下乱了方寸;胆小者闻之畏首畏尾,不敢出门;孩子听到,吓得用被蒙头,久久不敢入睡。

有些孩子天不怕地不怕,就怕猫头鹰。大人抓住软肋,孩子不听话,不说狼来啦,而说猫头鹰,孩子满脸惊恐,立马乖顺。

更有甚者,把猫头鹰当成厄运和死亡的象征。

传说一男子出门办事,事成返回,日夜兼程,估摸子夜到家。傍晚时分,男子路过一片树林。林里幼树多,风吹树动,沙沙有声,仿佛一群人在窃窃私语。这时如果没有猫头鹰出现,男子很快就会穿过树林。男子知道,穿过树林,前面就是平坦大道。希望就在眼前,男子加速前行。可能是男子脚步有点重,一只猫头鹰受到惊吓,幽灵似的从林里飞出,报丧似的嚎叫几声,眨眼间不见踪影。男子慌作一团,仿佛被施了定身法,一动不动地立在林间。子夜时分,男子家人不见人回,于是出门寻找。走了一程,又走一程,进了树林见有一人,看着像男子,近前一看果然是。家人拉上男子上了大道,回到家,男子倒头便睡。第二天早饭时分,家人见男子没有起床,就去叫他,左喊不醒,右喊不醒,揭开被子,发现男子已离开人世。

全是猫头鹰作的孽!

传说得以印证,人们对猫头鹰愈加深恶痛绝。

真乃不白之冤!

了解猫头鹰习性的人知道,猫头鹰是捕鼠高手,一只平均每天捕食3只鼠,一年捕鼠千只以上。老鼠偷吃粮食、传播疾病,为"四害"之一,消灭老鼠,既保护了粮食,也除了害。

仅此一条,就应将猫头鹰划归益鸟行列。

猫头鹰

雄鹰

雄鹰为蓝天而生，蓝天是它的疆场，任由驰骋。

如果你去西藏，有幸登上喜马拉雅山，或到新疆，踏入一望无际的戈壁荒漠，你举首仰望，你的视野里一定会出现一个或几个黑色点点。这些疑似太阳黑子的点点是静止的、凝固的，仿佛镶嵌在蓝天里的一颗颗美人痣，又似天体里几颗低垂的星斗。或许你会怀疑，怀疑你有高原反应，引起眼睛不适。其实不然，当你再次举首，凝眸望那些点点，不难发现，它们在缓慢飘移，而且悠然自得，如入无人之境。

这些点点就是雄鹰。

海阔凭鱼跃，天高任鸟飞。

登高远望，一目千里！

恣意！

率性！

霸气！

雄鹰行动迅猛、快捷，充满阳刚之气。游牧民族崇拜鹰，以鹰为尊；某些国家，鹰是他们的精神图腾，王室的标志是鹰，国旗的图案也是鹰。鹰至高无上，不可亵渎。

这是鹰的骄傲！

下至髫龄幼儿，上到白首老翁，每个人对鹰都不陌生。可以肯定地说，一个人对鹰的最初印象多来自童年游戏，老鹰捉小鸡——

　　天上老鹰飞呀,

　　好像黑云遮天。

　　小鸡小鸡快来,

　　快快躲起来呀,

　　躲起来呀,

　　躲起来呀。

　　童年的记忆是烙印,铭刻在大脑深处,永生不会忘记。

　　游戏还在继续,将会一代一代传下去。

　　岁月不老,儿歌永在!

雄鹰

大雁

大雁极具灵性，集诸多优点于一身——仁爱、情义、礼让、智慧、守信，自古被视为"五常俱全"的灵物。

人有老弱病残，大雁亦然。大雁群体中出现老弱病残而不能自食其力者，壮年大雁不会坐视不管，它们会像孝顺儿女一样帮助觅食，为其养老送终。

此为仁爱。

人类一夫一妻，忠贞不渝，白头偕老。大雁雌雄一旦相配，就会从一而终，如果一方遭遇不测，另一方即为孤雁。孤雁绝不苟活，不是自杀，也会因思念伴侣抑郁而死。

此为重情义。

大雁是空中旅行家，飞行时队列按长幼顺序，老雁当阵头，幼雁、体弱者位居中间，途中壮雁飞得再快，也不会超越老雁。

此为谦逊、礼让。

大雁机警、敏锐、智慧，迁徙途中落地歇息，或是觅食果腹，雁群中自有站岗放哨者，遇有风吹草动便鸣叫报警，让觊觎者垂涎而不能得逞。

此为智慧有谋。

大雁是候鸟，秋南翔春回归，长途漫漫，岁月悠悠，时令一到便动身迁徙，从不失信。

此为诚实、守信。

大雁之品禽中之冠，自古受人瞩目：

"鸿雁几时到，江湖秋水多。"

"风翻白浪花千片，雁点青天字一行。"

"天山漠漠长飞雪，来雁遥传沙塞寒。"

……

大雁之志，燕雀难知。

大雁，蓝天使者，美好化身！

大雁

鱼 鹰

鱼鹰也叫水老鸦，学名鸬鹚，翼长善飞，潜水快速，为大型食鱼游禽。

雄鹰翱翔蓝天，鱼鹰游翔水底，水就是它的天空。

鱼鹰体形似鸭，嘴长、锥状，前端带有锐钩，极为锋利，适于啄鱼。渔民利用鱼鹰这一特点，驯养它，用以捕鱼。鱼鹰捕鱼，渔民坐享其成，"不劳而获"。

鱼鹰成了渔民的衣食父母。

以防鱼鹰温饱生惰，渔民将鱼鹰的喉部扣上绳索，致使鱼鹰捕到鱼而不能下咽。如此一来，鱼鹰的劳动成果就归渔民所有。

鱼鹰不明真相，只得再次入水，继续捕鱼。

欲壑难填。

可能是造物主有意为之，也可能是食物链之间存在着某种玄机，鱼鹰在拥有高超的捕鱼本领时，却无防水羽毛。鱼鹰为飞行动物，羽毛湿了自然要晾晒。晾晒羽毛要耗费时间，这既遏制了人类的贪欲，也给鱼类提供了休养生息的机会。

生物平衡，物种不灭。

鱼鹰善于捕鱼，还懂得爱情——雄雌鱼鹰一旦结伴，则相互体贴、和睦相处，从筑巢、孵卵到哺育幼雏，皆共同承担，与人类的家庭建制极为相似。

恩爱不是人类独有，动物界亦有。

鱼鹰

鹭鸶

鹭鸶又称白鹭，天生丽质，是一种非常美丽的鸟。

鹭鸶美，美在体形：一双秀腿、颀长的身材、洁白的羽毛。鸟类不选模特，如选，非鹭鸶莫属。

模特，美的象征。

谁能说，模特的出现，灵感不是来自鹭鸶？

鹭鸶捕食，单脚独立水中，仿佛对镜梳妆。水中一个倒影，似水中芭蕾，又似天女下凡，鱼虾好奇，游来欣赏，正中鹭鸶设下的圈套。古代兵书《三十六计》中的美人计，灵感可能来自鹭鸶。

如何让女子尽现身材之美、双腿之秀，于是有了裙装。裙装的出现，也与鹭鸶不无关系。

鹭鸶，灵感的启迪者！

鹭鸶栖息在湖泊、沼泽地和潮湿的森林中。爱群居，巢穴高不过米，粗枝大叶地搭在灌木丛或是树的枝杈间，有的干脆建在地面上、草丛里。

偷猎者见鹭鸶无提防之心，常溜进灌木丛盗取鸟蛋，有的张网捕捉，用鹭鸶漂亮的羽毛换取物品或是卖钱。如果不是被及时阻止，后果不堪设想。

噩梦醒来，鹭鸶有了戒备之心，见了觊觎者便展翅逃离。

鹭鸶之变，人类应该反思。

鹭鸶

鱼

鱼是一种水生冷血脊椎动物,种类之多世界第一,已命名的约有32000种,占脊椎动物总类别一半以上。新的鱼的品种不断被发现,平均每年约有150种,增速之快,令人惊叹。

"有水就有鱼。"是早年听大人们说的一句话。有过怀疑,于是观察。一场暴雨,沟塘里有了积水。水浑浊,漂着草屑,浮着气泡,打着漩向下游流淌。雨过天晴,水由浊变清。几个孩子走近沟塘,俯身看水,水中有麦芒似的小不点在游动。仔细辨认,是鱼。从此对大人的话深信不疑。

鱼的生存能力极强,它们栖身于地球上所有的水生环境,从湖泊、河流到大海、大洋。前者是淡水,后者为咸水。海拔4000米的高山水域有它们的身影,6000米深的深海有它们的踪迹,它们畅游其中,繁衍生息。

世界上最大的鱼是鲸鲨,体长可达20米,体重数吨;最小者为胖婴鱼,体长仅7毫米,体重1毫克。

有人说,鱼类是最低等的脊椎动物。

低等,弱者也。

我有置疑——

鲨鱼是弱者吗?

还有食人鱼、电鳗,是弱者吗?

每一个物种里都有强者,凡事不可一概而论。

鱼为水而生，水因鱼而生动。

鱼也为人而生，人类因鱼而食物丰富。

鱼富含蛋白质、维生素和矿物质，孩子常吃有利发育生长，对智力发展也大有裨益；老人食用可防治风湿、降低血压、增强视力、预防癌症、保护心脏、延缓衰老、缓解抑郁。

鱼对人体如此有益，却不可滥捕。

保护鱼类，就是保护人类自己。

鱼

螃蟹

螃蟹另类,走路横行,举着两只大螯,耀武扬威,一副愤世嫉俗打抱不平的架势。成语"横行霸道"是否由它而来,不得而知,但是一则歇后语和一则灯谜却与它有关。

歇后语是:一群螃蟹过街。

灯谜的谜面是:螃蟹走路。

第一次见到螃蟹,是一次暴雨后。河塘内一片蛙鸣声,我跟着几个小伙伴深一脚浅一脚地出门玩耍,走出不远,发现路旁有一个稀罕物。此物见到我先是退缩,后举起双螯吓唬我,一番权衡,估计不是我这个"庞然大物"的对手,于是后退,准备逃跑。我未雨绸缪,在它前面设置障碍。哪知"稀罕物"没按我设计的路线走,也就是说,它不是前进,而是横行。我懵住了,一时想不出应对之策。一个伙伴回头一看,大叫一声:"螃蟹!"伸手抓住。螃蟹挥螯舞爪,在伙伴手中徒劳地挣扎着。

中午,我把螃蟹拿回家,想烧熟了吃。母亲不屑一顾,说,放了吧,这个东西一身骨头,没肉,还沾腥气。那个年头,人们不拿螃蟹当回事。时过几十年,螃蟹现在已成人间美食。

螃蟹生活于淡水和海水中,我国螃蟹的种类约有600种。常见的有大闸蟹、梭子蟹。两相比较,前者为佳。

螃蟹长有5对附属肢,也称胸足。位在前方的一对附属肢,长着强壮的螯。螯有多用,既是觅食、掘洞工具,也是防御和进攻武器。其余 4 对附属肢是脚，用于行走、攀爬。

螃蟹喜欢水质清净、水草丛生的环境，小鱼、小虾是它的最爱，水生草类也是它的美食。

螃蟹繁殖能力强，雌蟹每次可产下数百万粒卵。卵几次蜕壳长成幼虫，幼虫几次蜕壳长成幼蟹。幼蟹外型与成蟹无二，再经过几次蜕壳就变为成蟹。

金秋品蟹，时节最佳。

螃蟹肉味鲜美，含有丰富的蛋白质及微量元素，对人体有很好的滋补作用。螃蟹也可入药，对某些疾病的康复大有益处。

螃蟹虽是佳肴，有的人群却不宜，食用非但于体无补，反而有碍健康。

钱币有正反两面，事物亦然，人应慎之。

螃蟹

虾

虾有近2000个品种,分淡水虾和海水虾。常见的淡水虾有河虾、青虾、草虾,海水虾常见的有对虾、明虾、基围虾。

虾口味鲜美,营养丰富,食用方便,深受消费者喜爱。

在农人的生活词典里,虾属于奢侈品,比鱼金贵,"富人"才吃得起。"富人"即拿薪水的人,也就是城里人。农人在土里刨食,只吃土中生长之物。是小龙虾,让农人有了品虾口福。

小龙虾是虾之一种,来得突然。

一次发大水,农田里一片汪洋。几日后大水退去,有人在田里发现像虾的爬行物。此物色彩鲜艳,红里透着青,个头挺大。用手拿起,此物张牙舞爪,一双大螯一张一合,张狂而又愤怒,很是吓人。别的田里也发现这个东西。

此物从何处来?

雨水从天而降,此物随雨而至。农人推测,此物是天物。名称由此诞生:有叫天虾,也有叫红虾。村里一个读过私塾的老者查询典籍,给出正确名称:龙虾。

农人闻后惊呼:小龙虾,果然是天之物!

谣言四起,有说来者不善,也有说小龙虾有毒,不能食用。

不善也好,有毒也罢,胆大者抓几只回家,丢进灶膛,烧熟了扔给狗。狗狼吞虎咽,几只熟虾转眼不见踪影。留心观察,狗见熟人摆尾,见生人吠叫,并无异常,第二天也安然无恙——小龙虾无毒。

无毒,人就能吃。

是农人开的头。分两种烧法:一种清烧,先放姜、葱等佐料,起锅前放入蒜泥,名曰"蒜泥小龙虾";另一种红烧,调料以十三香为主,再辅以其他材料,名曰"十三香小龙虾"。做法不同,口味有别。清烧味淡,适宜妇孺儿童;红烧味重,适宜男人。

很快城里人也开始食用。眼下最有名的要数盱眙小龙虾,该产品已成为当地的文化符号,名扬天下。

这是盱眙人的智慧。

不管是淡水虾还是海水虾,均有极高的营养价值。现代医学研究证实,虾肉有补肾壮阳、通乳抗毒、养血固精、化瘀解毒、益气滋阳、通络止痛、开胃化痰等功效。

虾

螺蛳

螺蛳，农人叫蜗斗牛，河沟、池塘多见，沼泽、稻田里也有，水质清澈时一眼可见。

螺蛳圆锥形，口大尾尖，螺层有7层。螺蛳的身体藏于螺壳内，壳是它的房子，也是保护伞。

螺蛳是孩子们的玩具，口袋里装几枚，当小球弹，可以打发无聊时光。爱美女孩，将螺蛳壳串起，可以装饰房间，也可以当项链挂于胸前。

农村孩子都会摸螺蛳。

这里用摸，而不用抓，不用捉，其意是螺蛳虽有脚，却不会跑，也不知躲藏，只要伸出手，在水底摸索前行，就会有收获。

摸螺蛳不分季节，河沟、池塘是它的寄存点，想要，伸手可得。

摸来的螺蛳有二用，一是食用，二是玩。

食用是大人们的事。讲究的人家将摸来的螺蛳倒入清水中，让螺蛳吐脏物，脏物吐出后下锅，或煮，或干炒。

若是煮，水沸熄火，用笊篱捞起螺蛳，冷却，用针挑出螺肉。螺肉炒韭菜是大人们的最爱，如果不放辣椒，孩子们也很喜欢。

若干炒，准是做五香螺蛳。五香螺蛳风味独特，农妇们人人会做。

五香螺蛳好做，吃却有技巧，主要是嘬。嘬螺蛳不能急，程序如下——用三只指头捏起螺蛳，将舌头堵在螺蛳口上，舔去屑，用巧力嘬,螺肉就出来了。切忌力大。力大会带出螺肠。螺肠看着恶心,吸进嘴里倒胃口。乡间有一句俗语,叫心急吃不得热豆腐,用在这里挺恰当。

再说玩。

玩是孩子们的专利。这里的玩不是拿螺蛳当球弹,也不是串项链,而是耐心等待,等待螺蛳从壳里伸出头脚,一点一点往前挪。等待是漫长的,孩子们有的是时间,这一玩就把太阳给玩没了。

太阳没了,一天过去,到收起螺蛳的时候了。好在明天还会有太阳,有太阳,孩子们就可以继续玩耍。

螺蛳

河蚌

河蚌俗称歪歪,生活于江河、湖泊、小溪之中,椭圆形,大者如掌,可食,还可孕育珍珠。

珍珠,名贵之物,纯洁、富有、幸福的象征。

农人喜爱河蚌,有的人养在缸里,用来检验水质。

"文革"时期,一个歹人想除掉他的竞争对手,绞尽脑汁,最后计划投毒。一个月黑风高的夜晚,这人在夜色掩护下,把剧毒投进对手家的水缸里。

坏人的阴谋最终没能得逞,原因是这户人家养了河蚌。水含剧毒,河蚌被毒死。第二天,这家人做饭时,发现水缸里的河蚌已死。河蚌死,说明水出了问题,于是这家人重新挑水做饭。

揭开谜底的是坏人自己。他再次作案被抓,交代问题时带出旧案。真相大白,河蚌救人被传为佳话。

民间,有关河蚌的故事可说是家喻户晓、妇孺皆知。

古时候,有一座荒山里居住着一户穷苦人家。这家人口多,上有八旬老母,下有待乳婴儿,全家靠儿子、儿媳采草药为生。这一年发大水,天久雨不晴,山体湿滑,无法采药,生活断了来源,家里已揭不开锅。老母饿晕在床,婴儿嗷嗷待哺,儿子、儿媳对天叹息:老天啊,你当真要灭我全家吗?话说完不久,儿媳闻到一阵饭香。儿媳告诉丈夫,丈夫说妻子是痴人说梦。妻子不理丈夫,她要去灶屋一探虚实。推开柴门,饭香味更浓,她扑进屋里,揭开锅一看,一锅白米干饭,米饭上还放着两碟小菜。妻子怕自己饿昏头,犯了臆想症,挖一勺饭送进嘴里,嚼一嚼、品一品,好香的饭啊!她对着堂屋喊:妈,我家有救啦!丈夫闻声过来,看到锅里的饭,盛上一碗端到母亲床前。连着几天,到了吃饭的时辰,饭菜自己就在锅里了。

饭菜来自哪里?儿子想知道是谁在暗中帮助他,有朝一日他要报答人家。

傍晚时分,灶屋的柴门似乎动了一下,儿子轻手轻脚走过去,想一探究竟。灶屋无人,看来是风。儿子将柴门关严,还戗根棍子在门上,回到堂屋,却不想睡,耳听窗外风雨声,直到公鸡打鸣仍无困意。儿子索性起床,他透过门缝看了一眼灶屋,不想这一看就发现蹊跷——一个姑娘拎个篮子进了灶屋。姑娘是谁?儿子怕贸然进去吓着姑娘,于是想等到天大亮,当面问个清楚。不想刚过一会姑娘就出来,将柴门恢复原样后,便下山了。儿子跟在后面,他要看清姑娘去哪里,进谁家门。姑娘到山下一个水塘边,儿子当她要洗手,不想眨眼之间她就不见踪影。儿子扑到塘边,看到浅水处有一只河蚌,河蚌的双壳正徐徐合拢。儿子回家说与母亲,母亲听后语气笃定:没错,是河蚌姑娘!说完,母亲向着水塘的方向扑通跪倒,连连说:感谢河蚌姑娘救我全家!

儿子小时候听过很多河蚌故事,有过怀疑,今天亲眼看到,他信了。

河蚌从不索取,奉献却多,于是人类赋予它许多美丽光环。

知恩图报,是人类美德。

河蚌

青 蛙

青蛙水陆两栖,能在水里游,也能在岸上跳,动物界少见。

人类善于学习,也爱模仿,蛙泳就是来自青蛙的游泳姿势,此泳姿为国际游泳竞技项目之一,深受运动员和游泳爱好者喜爱。

竞技项目里的跳远,可能也是受青蛙启发而出现的。

农村孩子对青蛙不陌生,菜园、农田里多见。

青蛙爱唱歌。暴雨过后,青蛙结集到水塘边,你一言我一语,东边唱西边和,你方唱罢我登场。"呱——""呱——""呱——",气势磅礴,仿佛一台交响乐,那种天籁之音,令听者讶异:那么小的身体何以发出如此大的声音?于是一个个猫腰前行,潜伏到水塘边,以茅草作掩护,屏声敛息,细心察看。答案有了——原来青蛙嘴角边长着一个气球样的东西。这东西叫声囊,青蛙唱歌时,声囊鼓起,产生共鸣,好比音箱,把声音放大。秘密被揭开,就想抓一只青蛙回家,为自己开独唱音乐会。

抓青蛙不易。

青蛙善于跳跃,遭遇危险还会连跳,把追赶者远远地抛在后面。追赶者不会善罢甘休,想与青蛙一决高低。此时青蛙已靠近水塘,再次起身已跳入水中,用它那标准的蛙泳姿势向对岸游去。追赶者站在塘边,只能摇头叹息。

孩子的行为若被家长发现,家长会及时阻止,并告诉孩子,青蛙是害虫天敌,是丰收卫士。还会告诉孩子,青蛙的孩子小蝌蚪，也是除害能手。一只小蝌蚪，一天能吃掉上百只孑孓。

大人的话，孩子们将信将疑。

有疑问就去菜园、农田寻找答案。于是蹲守，观察发现，青蛙果真是害虫天敌——它捕食时一动不动地趴在低洼处，或是隐藏在阔叶下，前腿支起，仰面朝天，有飞虫经过，闪电般地向上一蹿，舌头一伸，飞虫不见了。青蛙极有耐心，半天下来，几十只飞虫成了腹中物。

小蝌蚪如何捕捉孑孓，孩子们没看到，但也有发现：有蝌蚪的水塘很少有孑孓，无蝌蚪的水塘孑孓多。

道理显而易见。从此，孩子们不再追逐青蛙。

家长是孩子最好的老师，传承美好，物种不灭。

青蛙

蟾蜍

蟾蜍俗称蛤蟆，农人叫癞蛤蟆、癞癞蛄子。两栖动物，潜伏于泥穴里、潮湿砖石下、水沟边、草丛内，形象猥琐，容颜丑陋，不堪入目。

蟾蜍行为鬼祟，爱在夜间和雨后活动，胆小者遇见避之唯恐不及。

人类不待见的动物，蟾蜍为其中之一。

癞蛤蟆想吃天鹅肉，是一句著名的歇后语，意为痴心妄想、白日做梦、异想天开，也含有不自量力、不知天高地厚之意。

民间还有几句歇后语，一句是：癞蛤蟆上脚面——不咬人，咯瘆人。

另一句是：癞蛤蟆上供桌——冒充大肚弥勒佛。

还有一句是：癞蛄头上插鸡毛——假充大公鸡。

几句话态度鲜明，前者冷嘲，后两句热讽。

拿蟾蜍说事，表明的是人类对蟾蜍的态度。

有农村生活经历的男人，童年时大多伤害过蟾蜍。蟾蜍跳跃的速度不如青蛙，见了人只会爬行，或短距离跳跃，孩子几步即可超越。蟾蜍见孩子捉它，躺下不动，伪装死去蒙混对方，想逃过一劫。这点小伎俩骗不了孩子，孩子拎起"死蟾蜍"的腿，打水漂似的扔向远方。蟾蜍是骨肉之躯，这一扔非死即伤。家长们见了听之任之，不会阻止。

我也是这群孩子中的一员。

蟾蜍吃的是容貌的亏。

用心观察不难发现,蟾蜍夜间活动为的是捕食。蟾蜍的食物有甲虫、飞蛾、蜗牛、蝇蛆等等。这些虫对庄稼有害,蟾蜍捕食它们就是为人类除害。蟾蜍的食量比青蛙大。显而易见,蟾蜍对人类有益,不应受到伤害。

研究发现,蟾蜍还有药用,从它身上可以提取蟾酥和蟾衣,两种药材名贵而又紧缺。

认识蟾蜍,保护蟾蜍,从孩子做起,不容等待。

蛤蟆

一饭一蔬

小麦

小麦是细粮,娇气。

娇气就贵重,种田的男人对小麦比对女人上心。

女人的生日可以不记,喜好也可以忽略,但小麦的播种时间却铭记在心——白露早,寒露迟,秋分播种正当时。

秋分是节点,还可细划。

首先分清土地肥薄,再看光照强弱。为让小麦同步生长,哪块地先播,哪块田后种,次序不可颠倒。

种不好庄稼饿一季。小麦是主粮,农人不敢怠慢,更不敢和肚子开玩笑。

麦苗出土,长至寸许,已是霜降。

小麦抗寒,不惧霜冷,最喜下雪。

人受罪,麦盖被。

瑞雪覆盖大地之时,正是麦苗幸福之日。

春临大地,冰雪消融,麦苗拔节生长。

锄草、施肥、治病虫、防洪抗旱……

诸多农事等着男人,男人心里只有小麦,别说女人,孩子也无暇过问。女人理解男人,知道男人犯了"季节病",过了麦季,男人才是男人。

小麦抽穗了、扬花了。男人身在麦田,能听懂小麦的情言爱语。微风也来推波助澜,将爱的花粉悄悄传递。男人身热心动,抬头看天,太阳明晃晃地照着麦田……

小麦成熟是循序渐进的,先是深绿,继而浅绿,浅绿转为嫩黄,嫩黄渐次变老,成为金黄。仿佛有一双巨手,在大地这张无边的宣纸上挥洒彩墨,让彩墨晕染出金黄。

到收割的时候了。

这是最忙的季节,农人叫抢收。

与谁抢?

天!

黄金铺地,老少弯腰。

小麦进仓,种田的男人才会放松紧绷的心弦。

小麦

水稻

水稻长出稻谷,稻谷去壳是米。

早年,我的家乡不种水稻,全村只有一户在粮站工作的人家里有米。我的弟弟去这家玩耍,看到他的玩伴吃米饭,弟弟不认识,当是盐,回家跟母亲要盐吃。母亲不明真相,给他几粒盐,弟弟嚼得"咯嘣"响,皱着眉头咽下,继而又要。母亲奇怪,说盐不能吃,吃多了齁人。弟弟说他不怕,二考子(他的玩伴)吃一碗都不齁。母亲恍然大悟,好说歹说才劝住弟弟。

一次弟弟犯哮喘,母亲用两碗小麦去那户人家兑换一碗米,弟弟才品出米和盐不一样的味道。

上世纪70年代初,家乡人进行了一次土地革命——在盐碱地上试种水稻,不想大获成功。从此,米走入寻常百姓家。

米是细粮,属奢侈品,放开肚皮吃就糟蹋了。日子长着呢,下了床就是一天,会过日子的女人只有过年才做一顿米饭,让家人解馋,平常把米磨成米粉做稀饭。

种植水稻分两步:育苗、插秧。

育苗在小麦抽穗时,插秧在小麦收割后。

插秧看似轻快,照样能把人累垮。

垮掉的是腰,用女人的话说累断了腰。

一个"断"字,说明已到身体的承受极限。

水稻生长一如小麦,分蘖、拔节、抽穗、扬花、灌浆。

当稻穗谦逊地低下头颅,色彩由青转为金黄,水稻就成熟了。

成熟的水稻等待着农人收割。

听,农人挥镰的嚓嚓声,不就是稻穗与土地的挥手告别声么!

水稻

玉米

玉米是农人的主粮。

闲时吃稀,忙时吃干。

稀即稀饭。

所谓干,就是在稀饭锅里拍几个面疙瘩,供干重活者享用。这是缺粮时期会过日子的女人的通常做法。

城里人也吃玉米,那是计划供应的粮食不能满足需求时,隔三差五地吃一顿。孩子们不待见,嫌面粗卡嗓子,但难敌饥饿,最终还是吃。

由此可见,玉米对人的生活有多重要。

春播一粒子,秋收万颗粮。

农人的"嘟嘟"拉开春播序幕。

粮食作物里,玉米最为霸气,一旦生长便蓬勃向上,英姿飒爽,精神抖擞,一畦畦玉米仿佛一列列等待检阅的士兵。

多看玉米,让人长精神。

亲近玉米,令人豪情倍增。

玉米9月熟。

玉米多为双穗。双穗玉米仿如两把手枪,威风地别在秸秆间,农人双手齐动,"嚓""嚓"两声,两穗玉米便进了背篓。

收获玉米时,孩子们也不甘寂寞,他们在田里四处蹿跑。家长是过来人,他们知道孩子不是玩耍,而是寻找甜秆——未结穗的玉米秆甜，嚼着润喉解渴，可与甘蔗媲美。

想着甜秆，家长也有口渴感，于是对着孩子跑去的方向大声说："多采两根！"

"哎！"远处传来童稚声。

一呼一应，情趣盎然。

玉米

高粱

薄瘠土地不长小麦,不长玉米,长高粱。

万物有克有生,物质不灭。

高粱的品种有红高粱、白高粱、黏高粱。

高粱是粗粮,口感不如玉米,更不如小麦,贡献却不小。自然灾害频发的那些年,玉米、小麦绝收,高粱却蓬勃生长。

有了高粱,农人就不会受饿。

高粱,救人于危难!

比较而言,农人喜爱红高粱。

红高粱喜庆,抽穗时如晚霞铺地,田野一片火红,一颗颗红高粱仿佛一个个进入洞房的新娘,千娇百媚地等待新郎揭盖头。

红高粱秋天熟。

成熟的红高粱有一种特殊气味。气味四处飘荡,小伙子闻了振奋,姑娘闻了动心。高粱地里上演多少爱情故事,风知道,月亮知道,星星也知道。

收获高粱农人最开心。

时光回转,男人成了小伙子,女人成了姑娘,人生新的一页就在眼前打开……

高粱

豆子

豆子的品种有黄豆、红豆、绿豆、豌豆、蚕豆等等，农人种植最多的是黄豆。

黄豆营养丰富，蛋白质含量超过肉，民间有黄豆是土里长出来的肉之说。

"肉"指的是豆腐。

豆腐由豆浆点卤而成。

是谁发现二者之间的关系？无人说得清。

豆腐是美食。

今天豆腐是家常菜，昔日却是奢侈品，平常很难吃到。

童年的记忆里，有一户南京人下放到我们村。初来乍到，村里人不知这户人家姓甚名谁，无论老少，通称为"下放户"。一天早晨，"下放户"见一老者挑着担子由东往西，边走边吆喝："豆—腐—啊—！"原来是卖豆腐的。行至门口，"下放户"打听价格，得到答复，感觉农村的豆腐跟南京的青菜萝卜一样便宜。又问："要票么？"

老者放下担子，说："不要票，要钱！"

"下放户"像捡到宝贝似的开心，从怀中掏出皮夹，挥手说："我全要了！"

老者怕听错，又问："全要？"

"下放户"用力点头，说："全要！"

在场的人啧啧称羡,继而翘起大拇指,称赞道:"到底是城里人,钱多!"

这是我童年见到的最大一笔买卖。

毋庸怀疑,往下几天,这户人家顿顿都会吃豆腐。

那天我在心里发誓:长大也当下放户,也买整包豆腐!

可见豆腐对一个农村少年有多么大的吸引力。那时的农村,只有过年,每户才会磨黄豆做豆腐,孩子们也才可以大饱口福。

黄豆除了做豆腐,还可榨油。

油是生活必需品。

豆子对人的生活如此重要,所以深得农人喜爱。

豆子不娇气,闲地播几窝便生长,与玉米套作也生长。清明前后播种,百日后收割。

豆子

花生

花生滋养补益，常吃记忆好、抗衰老，民间将花生称之为金果、长生果。年轻人结婚，全福奶奶为新人铺床，会在被角处放一把墨水染过的红花生，寓意有二：一是预祝两个相爱的人不离不弃，相爱永远；二是希望一对新人多子多福、儿女满堂。为老人庆寿，花生必不可少，意为长寿多福，如意平安。除此，花生还隐含吉祥喜气，硕果累累之意。

花生集诸多寓意于一身，农人家家爱种。

惹人喜爱必惹人惦记，念念不忘的是馋嘴孩子。

花生成熟剥壳可吃，生熟皆可，甜香爽口。在我童年的记忆里，花生是最好的零食，只有生病，母亲才会从紧锁的箱子里抓一把给我们。还别说，吃了花生，病似乎减轻几分，人也有了精神。

花生的功效远不止这些，所以种植花生的人家，首要任务是看护，以防馋嘴孩子溜进田里偷食。

花生引发的故事不少，记忆深刻的有一则——

爱好戏剧的人大多看过《花为媒》，其实花生也能为媒。这是一个真实故事，故事就发生在我的故乡。

时光退回到上世纪70年代初，故乡的一男子过关斩将，如愿穿上绿军装，成为一名军人。那年头，当兵就是"跳农门"，服役期满就成为"国家人"。男子当的是铁道兵，常年在野外军训、作业，很是磨练人。

参军第二年，男子生病，久治未愈，后来转到一家大医院住院治疗。为男子打针送药的妙龄护士肠软心善，打针时怕男子痛，就说医院里的趣事来分散男子的注意力。男子知道有来无往非礼也，于是也给妙龄护士说趣事。妙龄护士说的是医院里的事，医院像闹市，趣事天天有。男子照葫芦画瓢，说部队里的事，部队里都是男人，男人故事少，男子说了几个肚子就空了。搜肠刮肚找不出，于是天上地下胡乱扯。

这天妙龄护士进病房，从白衣口袋里掏出一把花生，说是病人家属给她的，她拿来让男子尝尝鲜。见了花生，男子有了故事，说他家乡的花生不长土里长树上，跟枣子一样，一嘟噜一嘟噜，像葡萄，把树枝都累弯了。妙龄护士闻后惊讶道："天啦！"继而追问男子："真的假的？"男子神情笃定，说："那还有假？不信哪天带你去看看，耳听为虚，眼见是实！"妙龄护士欢呼雀跃，伸手与男子拉勾，约好男子探亲时，她陪同。男子颇有心计，出院后就向首长请假探亲，结果探亲变成了定亲。成亲那天，闹洞房的人追问男子媒婆是谁？男子看一眼已成妻子的新娘，笑答："花生！"

男子说的没错，成就他们婚姻的真的是花生。

几十年过去，这个故事一直藏在我的记忆里，看到花生就会想起。

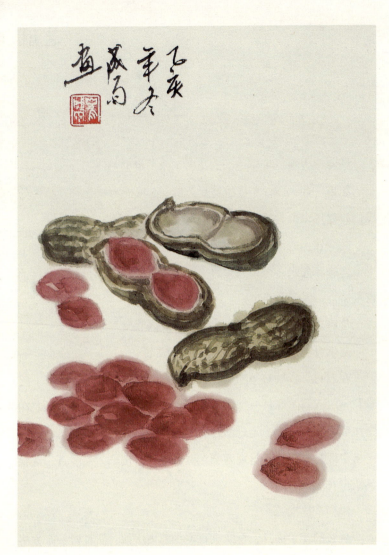

花生

芝 麻

芝麻不占地，可与豆子、花生、山芋混种。

芝麻一年两季，5月播是夏芝麻，7月种为秋芝麻。品种分黑白，食用以白为好，养生以黑为佳。

芝麻榨出的油，民间称之为香油。用香油拌菜、沥汤，菜未上桌，香味先出，很吊人胃口。用芝麻做食品，深得老人和孩子喜爱。

芝麻吉祥，含有祝福之意，深得农人喜爱。

芝麻开花节节高——这句谚语妇孺皆知。

在农村，作物打下子粒，秆是烧饭柴火。芝麻例外. 打下芝麻粒，农人将芝麻秆一把一把扎起，收进储藏室。春节来临，在堂屋显眼处放一把，走进屋，看到芝麻秆，心情自然好起来；孩子出生或是过生日，祝贺者会在贺礼里放一把，无需多言，祝福话语全在里面。

说一个故事。

队长的儿子满月，全队一户不少都去庆贺，队长搬一张方桌放在门口，让账房先生收礼记账。出礼人在桌前排队，交钱后坐席喝酒。有一贫困户拿不出礼金，又不能缺席，踌躇半晌，一跺脚，用一捧芝麻、一把芝麻秆当礼金。令贫困户没想到的是，开席后，队长第一个向他敬酒。队长举杯说："你的礼比金钱贵重，正合我意！"话落，饮下杯中酒。

贫困户原本低着头,听了队长的话,头渐渐抬了起来。

全场无声,继而纷纷向贫困户敬酒。

一场酒,让人喝明白一个道理。

这就是芝麻给人的启迪。

芝麻

山芋

山芋原名番薯,又名红芋、甘薯、地瓜等等,因地而异,叫法不一。

山芋是保健食品,常吃延年益寿,还有减肥功效,农人喜欢,城里人青睐。

山芋从乡村进入城市,是近几年的事。忆往昔,山芋就是农村的代名词——那时,城里人对山芋不屑一顾,宁愿饿肚子也不吃。看今朝,山芋进餐馆上酒宴,成为人人爱吃的放心食品。

山芋

命运的改变，与时代进步有关。

山芋耐旱，可与玉米套种，也可挖垄单植。

山芋春天育苗，苗长拃许剪枝栽插，霜降时收获。收获后窖藏，藏久了味甜；也可切片晾晒，晒干了易于贮藏；还可粉碎做粉，粉制粉条。粉条是佳肴，也是馈赠礼品。

上世纪五六十年代出生的农村人，多是吃山芋长大的。那时粮食短缺，青黄不接时，好多人家等粮下锅，全村几百口人，找不出一个气色好的，个个面黄肌瘦，满脸土色。山芋成熟后，有了吃的，农人的脸色滋润起来。变化大的是孩子，吃了山芋，不要一个月，胳膊粗了，小腿壮了，嘴巴肉嘟嘟的。当时的流行语是山芋胖子。我也是受益者。

山芋不娇气，沙土、黏土均能生长。

土中作物，有着泥土本色！

土豆

人类为作物命名,也会走捷径,即用象形物做名。譬如土豆。土豆形似马铃铛,于是马铃薯就成了学名。

这是人类的智慧。

书里介绍,土豆是四大粮食作物之一,仅次于小麦、稻谷、玉米。在我印象中,土豆不是粮食,而是蔬菜。菜市场也把土豆当蔬菜卖,买主一次挑选几个,回家或切丝爆炒,或切块红烧。土豆丝炒辣椒爽口,吃了饭量大增;土豆烧牛肉是大菜,很合东北人口味。

土豆有两怪:一是休眠,二是种植。

先说休眠。

土豆休眠期分长短,长要三四个月,短则一两月。休眠期过去才能发芽,有芽才能生长。

再说种植。

种植土豆有别于种植粮食。粮食是播种,人播或者机播。土豆是块植,即将完整的土豆切成数块,然后种入土中。切块讲究刀法,一刀下去,瓣上必须带有芽眼,否则不会发芽。

土豆产量高,一年两季,亩产突破万斤。

万斤,天文数字!

土豆优点多,常吃皮肤好,还可保持苗条身材。

土豆是健康食品。民间传说,多吃土豆,胖子变瘦,瘦子变胖——听着矛盾,事实却如此。

世间之事,矛盾常有,不必件件说得通,存在、认可就是合理。

土豆

南瓜

　　瓜种类多，常见的有南瓜、冬瓜、丝瓜、黄瓜、苦瓜、香瓜、西瓜等等。农人偏爱南瓜，种植最多的也是南瓜。

　　南瓜的优点是不占地、不择地、不娇气，墙根院外、田头、地边均可种植，给它一抔土就能生根发芽。

南瓜

春天，随手播种几粒种子，一周后就有嫩芽钻出地面。

生长期的瓜蔓满地爬行，瓜头抬起、瓜须轻扬。抬起、轻扬是寻找路径，遇坎过坎，有物攀物。瓜蔓经过处，一柄柄瓜叶宛如一把把遮阳伞撑于地面。瓜叶作用有二：一是光合，二是育儿。瓜蔓长出两米许，叶柄处开始孕育花骨朵。花分公母，公花先开，母花后放。花放一天，翌日枯萎。待瓜蔓再长一些，给人蓬勃之感，你蹲下身，拨开瓜叶，就会发现几个正在生长的小南瓜，如同婴儿憨睡于瓜叶下。恬静、安然、自在，泥土是温床，瓜叶当帐篷，不问今夕何夕，太阳当顶与它无关。

不同品种的南瓜大小不一，长到极限也就停止生长。

长熟的南瓜多糖，大人钟情，孩子喜爱，可当蔬菜，也可当主食，久吃不厌。

不管南瓜品种有多少，样貌有多不同，它们的子却体态相同，样貌一致——饱满，柔和，皮壳润滑。

如果一个人的脸形像南瓜子，也就是人们说的瓜子脸，那么这个人的相貌一定出众。男子拥有这张脸，他要挑个好妻子；姑娘拥有这张脸，她要选个好丈夫。

瓜子脸，令人羡慕的好脸形。

南瓜营养高，有人体所需的多种营养。南瓜子有药用价值，对男性疾病有治疗和预防作用。

冬瓜

冬瓜并非冬天长，与其他草本植物一样，也是春种、夏长、秋天熟。冬瓜成熟时表层结一层霜似的白粉，故名冬瓜。冬瓜形如枕头，民间又称枕瓜。

冬瓜也很受农人喜爱，有两个原因：

其一：个头大。冬瓜成熟时重达几十斤，像头猪慵懒地卧在地上，看着让人心生怜爱。皮孩子常把冬瓜当"马"骑，两三个孩子挤在一个瓜上，瓜蒂当缰绳，嘴里"吁""吁"大叫，身子一起一伏，心里的马在狂奔，尽兴了才下来。有的孩子用树枝在瓜上刻姓名，姓名随瓜长，给人感觉那个瓜就是皮孩子，皮孩子就是瓜。

其二：易于贮藏，霜前摘回家，存放几个月不会坏。

冬瓜肉厚，切片红烧、做汤皆可。困难时期，农家人吃不起肉，逢年过节，聪明的女主人将冬瓜挖瓤去皮，切成肉块形状，烧熟了放在桌子上，看着与红烧肉无二，给节日增加喜庆气氛。

冬瓜含有多种营养，对健康大有益处，食之清热解毒、降糖降脂降血压，还能保肝护肾，堪比药品。

日常生活里，瓜皮果壳是无用之物，与垃圾一道被扫地出门。冬瓜皮不是，它非但不是垃圾，相反却是宝，食之可治肾炎、跌打损伤，还有止咳、降血脂等功效，对新陈代谢也可起促进作用。

冬瓜籽也是一味药，常吃色美肤润，是女人保健佳品。

冬瓜通身是宝。

农人不知这些,栽瓜种菜只为果腹。

地生万物,人在其中,大自然是最好的平衡师。

冬瓜

丝瓜

丝瓜为蔬菜类作物,心性温和,随遇而安,对土质要求不严,朝阳、背阴皆能生长。

丝瓜品种有蛇形丝瓜和棒丝瓜两种。蛇形丝瓜最短一米余,最长可达三四米,如蛇从天而降。此种丝瓜观光旅游景点多,旅客见了大呼小叫、叹为观止,纷纷拍照留念。棒丝瓜长短适宜,长相文静,窈窕得像个淑女。

丝瓜幼苗期需要呵护,旱要灌溉,涝要排放。过了幼苗期,夜夜不同,藤蔓像疯了一般,张牙舞爪,四处扩张。转眼花开了,转眼挂果了。今天看是嫩果,没几天,嫩果已尺余,可以采摘了。

丝瓜豆腐、丝瓜徽子,是农家餐桌上常见的两道菜。

前者清清白白,如人的完美人生,看着养眼。后者一清一黄,清是丝瓜,黄为徽子。徽是细徽,丝丝缕缕、缱绻缠绵,卧在盘中如艺术珍品,令食者不忍下箸。

丝瓜徽子是催奶食品,民间经验,产妇吃了下奶快、奶水足。走在乡间小道上,见有手拎徽子的老妪,定是瞧望产妇的。

在乡间,丝瓜不用送,每家都有,随手可摘。

丝瓜的营养不用赘述,爱食者多有了解,但丝瓜汁被医学界称之为"美人水",可能少有人知。"美人水"不但养护皮肤、延缓皮肤老化,而且对皮肤斑块可起抑制、消除作用。

每种植物体内都藏有密码,解密没有终点,永远在路上。

丝瓜

黄瓜

黄 瓜

黄瓜鲜嫩、多汁、爽口,大人孩子都喜爱。

大凡被人喜爱的东西都娇气。

譬如宠物,譬如花卉,还有黄瓜。

先说温度。

黄瓜对温度要求极严,过高过低都难以生长。

后说土壤。

黄瓜喜湿不耐涝,喜肥不耐肥,最宜不湿不涝的肥沃土壤。

再说光照。

黄瓜喜阳光,怯背阴。

土中之物,如此娇气的少。

娇气之物总有娇气的理由——

对男人,黄瓜有生发、顺发之效,还能醒酒、洁净口腔。

对女人,黄瓜削片贴脸,能扩张毛细血管,促进血液循环,有效对抗皮肤衰老。

对孩子,黄瓜是水果,既可解馋,也能解饿。

对老人,黄瓜降脂稳压、降低尿酸、减轻关节炎和痛风疼痛,对糖尿病也有治疗作用。

黄瓜的功效如此之多,受人喜爱也就不足为怪了。

苦瓜

苦瓜不如南瓜、冬瓜被看好,也不如丝瓜黄瓜受欢迎,问题在自身——果实小,长不盈尺,短的半拃。比南瓜、冬瓜那是癞蛤蟆照镜子——自寻难看,比丝瓜黄瓜也短上半截。味苦,长相不雅,满身瘤皱形同蛤蟆,胆小孩子不敢触摸。

苦瓜

"劣势"明显,种植者无几。苦瓜不卑不怨,逆境中求生存,瓦砾中生根,薄土里发芽,烈日下生长,雨天里伸蔓,该开花时开花,该结果时结果——此种谦逊、低调之风,既有愧疚之意,也有呐喊之声。

是金子总有发光时,苦瓜终因自身优点被人接纳——

心中烦热,体有毒素,食苦瓜赛过服药;

血糖高,苦瓜是克星;

养血滋肝,润脾补肾,苦瓜是上品;

身生痈肿、疖疮、痱子,苦瓜捣汁外敷,效果奇好;

苦瓜虽外形丑陋,常吃却可使人脱胎换骨,皮肤由粗糙变细嫩;

……

苦瓜的根、藤、叶也有多种药用价值。

在民间,苦瓜被誉为"君子菜"——做菜时,苦瓜与别的菜同锅,苦瓜不会将自身的苦传给对方,风范如君子。

苦瓜以味得名,名不美,内在美。

香瓜

香瓜名字美,听着喜气,吃着爽口,但不能当菜,更不能当主食。

严格说,香瓜应归于水果。

水果是奢侈品。

缺粮年代,农人种植的是南瓜、冬瓜,香瓜无人问津,满村难见一株。在农人的生活词典里,香瓜不解决温饱问题,可有可无,衣食无忧时才会想起它。

香瓜娇气,喜温暖、爱日照,坡地薄土不宜种植。

一句话,香瓜养尊处优,适宜优质土壤。

民以食为天,农人的好地多用来播种粮食,凡种植香瓜者皆为果农。

果农,以果营利者。

香瓜离不开管理,生长期要防虫治病,挂果时要提防孩子。

虫、病好治,用药即可,孩子难防。

夏日夜晚,辛劳一天的大人枕着鼾声睡去。孩子睡不着,他们惦记香瓜,一个个耗子似的溜出门,三三两两结集在村头,或单个行动,或团体作战。香瓜田近在咫尺,瓜香随风而来,馋得人直流口水。为躲避看瓜人,孩子们猫腰蹑脚,待走近再卧倒,匍匐向前,动作娴熟如同军人。月夜目标可见,黑夜闻香而行,只要出手总有收获。看瓜人稳坐棚内,早在孩子进园时就已发现。

发现而没驱赶，是怕吓着孩子。看瓜人有自己的处事哲学：孩子进园只为解馋就放任不管，如果贪心就得敲打。

农人纯朴，不会为一个瓜与孩子计较，也不会因瓜让孩子走歪道。

看瓜人有过儿时，他们的处世哲学是从前辈那里学来的。

哲学就是民风，民风不能失传。

香瓜

西瓜

西瓜如同香瓜，属于水果，但农人爱种。

何因？

传说多年前的一个夏日正午，有一老农头顶烈日在田里劳作，不慎中暑。老农头痛欲裂，浑身乏力，口渴难忍，就在命悬一线时，身边的一株野生西瓜跳入眼帘。西瓜藤四处扩张，葳蕤疯长。老农顺藤望去，看到藤蔓上有几个花皮瓜，大者如钵，小者似拳。老农摇晃着挪过去，用力摘下大瓜，磕开，瓤微红，估摸也就半成熟。老农低头啃食，一个瓜囫囵下肚。老农抹把嘴，两眼一黑栽倒在地。不知过了多久，老农睁开眼睛，看到家人围着他抹泪。老农坐起身，开口说，我还活着，你们嚎什么？家人见他醒来，还能说话，转忧为喜。老农看到身旁的西瓜皮，意识清晰起来，倒地前的一幕浮现眼前。救他性命的是西瓜！老农把中暑经过说给家人，全家齐齐跪下，给那株野生西瓜重重磕了几个头。西瓜是老农的救命恩人。消息传开，四邻百姓，对西瓜顶礼膜拜。为防不测，家家都在田里种植几株。

西瓜喜热耐旱，宜在高地生长。

西瓜为粗放作物，春天种植，夏日结果，无需多管。

田中有西瓜，农人有依赖。

夏日劳作，渴热难耐时，吃个西瓜，消暑止渴，精力旺盛。

劳累过度，浑身疲乏，吃个西瓜，倦怠顿消，体力大增。

西瓜,盛夏佳果。

常吃西瓜,皮肤好。

民间谚语:夏日吃西瓜,药物不用抓。

西瓜,夏季瓜果之王是也。

西瓜

葫芦

葫芦

葫芦与瓜同类,和南瓜一族。

葫芦与"福禄"音同,象征富贵,代表长寿吉祥,画家画它,民间艺人将其制成文玩、饰品供世人把玩、佩戴。从古至今,葫芦与人类生活息息相关、须臾不离。

葫芦形同陶瓮,口小肚大,有财库饱满之意。富者青睐它,想广纳财宝、富家兴业;贫者喜欢它,盼它收煞除厄,降富赐运。

成熟的葫芦满肚籽粒,寓意多子多福,子孙昌盛。

民间传说,葫芦能避邪驱祟、保家安康。

春天到来,农家院内必种几棵葫芦。

家有葫芦,百事顺畅。

葫芦喜攀爬,遇树攀树,见架上架,结果时,所过之处挂满葫芦,有风徐来,葫芦轻摇,充满童趣,孩子们见到多会驻足,他们想的是脚踩风火轮斩妖除怪的葫芦娃兄弟。葫芦娃兄弟出自葫芦,一只葫芦一个娃。他们来自哪里?不明白就问母亲,得到的答复是:树桠。

树桠能生孩子?孩子们不信。

因是母亲所言,暂且存疑吧。

葫芦,是个令人憧憬、让人遐想、给人美好的吉祥物!

瓠子

瓠子由葫芦变异而来，论关系，二者是近亲。

近亲，血统相同，习性相近。

也有不同——

葫芦名声响，孩子喜欢，大人钟爱，种植的人多。

瓠子名声不好，传说有毒，食用不当，危及生命。生命，人生仅有一次，不敢大意。有经验者，食用前用舌甄别，味甜可食，味苦弃之。

瓠子

味苦有毒，堪比砒霜。

砒霜，强性毒物！食者闻风丧胆，宁愿不吃，也不冒险。

物质不灭，大凡有毒之物者，多有过人之处——

瓠子防癌、抗癌，适宜免疫力低下者食用。

癌，天下第一杀手，人类天敌。瓠子却可以预防它、抵抗它，能量之大，令人刮目。

这是瓠子的优势。

两害相权取其轻。于是，种植的人多起来。

瓠子喜沙壤土，爱攀爬，产量高，一根藤蔓可结多个果实。果实垂挂，错落有致，仿佛童话世界，充满情趣。

瓠子夏季上市。

夏季温高，人体消耗大，易染疾病，瓠子登场，为食者筑起一道"防火墙"。

急人所需，为人解难，物之高品！

栝楼

栝楼为多年生草本植物，耐寒、喜潮湿，可根栽也可种植，两三年结果。

栝楼不占地，山坡丛林、灌木丛中、沟边河畔均能生长，遇树爬树，遇物攀物，枝繁叶茂，果实累累。

栝楼通身是宝，根、果、果皮、种子都是药。

传说栝楼是神药——

一穷苦人家的孩子生病，久咳不止，日见消瘦，乡间郎中已是黔驴技穷，无力回天。孩子母亲以泪洗面，唉声连连；父亲不思劳作，田地荒芜，家境每况愈下。

一天夜里，孩子父亲梦见一位白胡子老人路过家门，他拉住老人，求他救救孩子。老人随他进屋，问清病情，捋一捋胡须，呵呵一笑，说："你去丛林寻找栝楼，煮水给孩子喝，不日病好。"说后飘然离去。孩子父亲梦中惊醒，把梦说给妻子听。妻子听后说："老天开恩，我儿有救！"她看窗外已有亮色，催促丈夫快快出门。丈夫出门而去，不久拿着栝楼回家。妻子洗锅、生火，不一会煮好栝楼水，舀出半碗用嘴吹，待凉了让孩子喝。孩子喝下半碗，待一会又喝半碗，喝完睡下。夫妻二人在床边守候。孩子还是咳，但咳声小了，间歇时间长了，不是先前的声声相连。这是好兆头！往下是不停地喝栝楼水，到晚上孩子的咳声已是很小，也想吃饭了。看孩子病情好转，二人脸上的愁云风吹般地消失。

这天夜里，白胡子老人又出现在梦里，他告诉孩子父亲，还得寻栝楼，连喝三天，病可痊愈。孩子父亲不敢大意，第二天又寻来栝楼，让孩子连喝三天栝楼水，孩子的病果然痊愈。

孩子病好，孩子父亲想亲口感谢白胡子老人，可老人再没有出现。

老人是贵人！

栝楼是神药！

消息传开，农人纷纷种植栝楼。栝楼多了，留下几个备用，余下的卖给药店，家里的零花钱也有了。

一年闹水灾，数月不见太阳，粮食几近绝收，栝楼却长得旺，秋风吹来，栝楼如红灯笼摇曳在丛林间，分外招眼。农人奔向丛林，摘下栝楼，用栝楼兑换粮食，度过灾荒。

栝楼，救命之物！

万物来自泥土。

栝楼，大地之子，虽为草本，却有泥土胸襟，大爱情怀！

栝楼

人参

人参，别称神草、地精，长于深山，大补之物，人称"百草之王"。

古时，有一乡间老妪罹患重疾，苟延残喘，乡医束手无策。老妪自知将不久于人世，要老伴叫回儿女，走前见上一面。老妪生有两儿两女，两女嫁在邻村；两个儿，大儿在州府，小儿在京城。两女得信回家，两儿离家远，口信难传。老父吩咐两女，一个去州府，一个去京城，速去速归。两女领命而去。

三天过去，不见儿回。老妪的病日趋严重，生命如风中灯火说熄就熄。老父手捏冷汗，怕老妪遗憾而去，难瞑眼目。第四天太阳落山时，大儿回到家中。老妪费力睁眼，两儿只见其一，叹息一声，复又闭眼。京城离家千里，儿回还得三两日，能否如愿听天由命。

大儿深知母亲已走到生命边缘，任其下去，难见弟面。大儿是读书人，谙知人参功效，从州府回来时去药铺买了一颗，这时正派上用场。煮好人参汤，大儿设法给母亲灌下几勺。说来神奇，老妪喝下人参汤，眼睛不停眨动。未几，眼睛睁开了；稍顷，开口说话了。大儿又喂下几勺，到小儿回家时，老妪已能坐起。

乡医闻后不信，上门查看虚实。

"人参是神草，能救人命！"

话从乡医嘴里说出，消息不胫而走，天下少有不知者。

典籍也有记载。

《神农本草经》对人参药用精髓有描述:"补五脏,安精神,定魂魄,止惊悸,除邪气,明目,开心益智。久服,轻身延年。"

白纸黑字,又有人证,世人笃信无疑。

人参夏季开花,深秋采挖。

采挖有讲究。

人参长于深山。深山,人迹罕至,如独行难保安全,迷途不返者有之,坠入峡谷者有之,毙命虎口者更有之。前车之鉴,后人采挖多结伴而行。

采挖者结伴进山后先拜山神,后许心愿,仪式结束四散而去,扒野草、拨腐叶,寻针一般细心,发现野参,一同采挖,成果共享。也有贪心者,发现野参,拒人千里,独自采挖。蹊跷事发生了,眼见野参花茎,沿茎挖掘,却不见参影。奇也!怪也!古有野参遇见自私者逃跑传说。传说得以印证,贪心者后悔莫及,无地自容,从此收敛贪心,自觉融入采参集体。

人参,虽为草本,却有灵性,既能治病救命,又能改变人性,真乃神草、地精也!

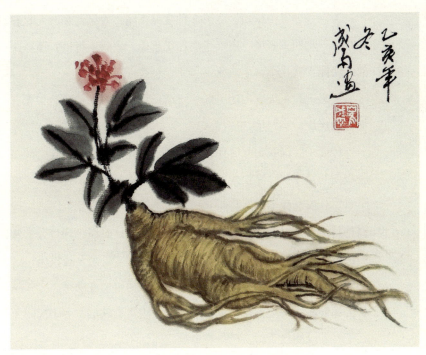

人参

天麻

天麻是名贵中草药,能治多种常见疾病,效果奇好。人吃五谷杂粮,吹四季野风,染疾生病在所难免。生病不可怕,预防在前,便能大病化小,小病化了。

医书记载,天麻主治鬼病。所谓鬼病,就是来得突然,无有征兆的疾病。

传说一壮汉在田间劳作,身出热汗,先解扣,后脱衣。解扣脱衣图的是凉快,凉快才好干活。这事每天都有,不想这天就出了事。壮汉起先不知,待听到风声才抬头。壮汉看到一团野风像疯狗打滚,贴着地皮旋过来,壮汉未及躲让,野风已到身旁,然后沿着小河一路而去。壮汉打个激灵,一声"舒坦"还没出口,嘴已挪了位置,手脚也不听使唤,人像棵树桩僵在那里。妻子见状丢掉锄头,一把抱住他,壮汉闪了几闪没有跌倒。妻子惊问怎么了?壮汉嘴巴歪斜,已是有口难言,话不成语。

十万火急,赶紧请郎中。

农人大多没见过这种病,但知道壮汉的病因旋风而起,于是一口咬定:"鬼病!"

小鬼缠身,病难治,命难保。

出乎意料,壮汉吃了郎中配制的药,嘴一天天挪往原位。一月余,已能下田干活。

什么药能治鬼病?有人偷偷看壮汉家倒出的药渣,别的药难辨认,天麻明睁眼露,看得清楚。

看来就是天麻了。

天麻不单治鬼病,泡酒,饭前小酌,还可治关节痛、腰腿疼、四肢麻木;食用,与鸡、蛋、猪肉、牛肉、鳝鱼、鲤鱼等食材搭配,既果腹养身,还能治愈多种疾病,可谓一举多得。

天麻,神奇之物!

天麻妙就妙在无根、无叶,不用光合作用就能生长,而且不与农作物争地、争营养,从种到收无需施肥、锄草、喷洒农药,只需注意栽培环境的温度和湿度,农人称之为"懒汉黄金作物"。

对世间索取之少,对人作用如此之大——大地之物,有谁能比?

天麻

茯苓

茯苓，是寄长在松树根部的一种菌类植物，中医典籍奉为上品良药，其药性平和，可广泛应用于各种疾病的治疗，有四时神药之美誉。慈禧寿长，与常吃茯苓制成的糕点有关。

茯苓糕点，慈禧最爱，现为北京著名小吃。

茯苓糕点健体，茯苓还是家庭粘合剂——

一对穷夫妇，男子体弱，结婚多年，膝下无子。古训曰：不孝有三，无后为大。夫妇四处求医，皆无果，最终在一身居深山的老中医处讨得一方：茯苓炖母鸡。老中医与男子耳语："食用半月，必见效果。"二人回家，照方炮制。刚过几日，男子感觉丹田处有了热力。又过几日，那股热力像长了脚，在体内四处游走。男子举手，手有了力；男子跺脚，脚有了劲。男子想做点什么，于是下田去，扶犁能耕田，拿锹能挖土。妻子见了，多年不见的笑容出现在脸上。天道酬勤，这年秋天，这对夫妇不但收获稻谷，爱情也有了结晶。

茯苓让人青春永驻——

一女出生在富裕家庭，自幼爱吃零食，对茯苓糕情有独钟，婚后不改。近朱者赤。丈夫见妻暇时如鼠，小嘴不停，也口生涎水，于是品尝一口，不想一发而不可收，渐渐染上这一"陋习"。说陋习，是因为零食，给这个家庭增加了一笔开销。但也有回报——这对夫妻因零食而容颜不改，与同龄人相比显得年轻。

人问养身之道,二人自豪作答:"零食!"

再问:"是什么零食?"

再答:"茯苓糕!"

钱与青春,孰轻孰重,无需作答。

茯苓养身强体无庸置疑,茯苓治病知者更多——

小到心悸失眠、体弱怕冷、不思饮食,大到肿瘤顽疾,茯苓都有治疗与抑制作用。

茯苓,茯苓,人类福星!

茯苓

图书在版编目(CIP)数据

大地万物/严苏著；崔成雨绘. —上海：复旦大学出版社，2020.9
ISBN 978-7-309-15127-5

Ⅰ.①大… Ⅱ.①严…②崔… Ⅲ.①散文集-中国-当代 Ⅳ.①I267

中国版本图书馆 CIP 数据核字（2020）第 104524 号

大地万物
严　苏　著　崔成雨　绘
责任编辑/李又顺

复旦大学出版社有限公司出版发行
上海市国权路 579 号　邮编：200433
网址：fupnet@fudanpress.com　　http://www.fudanpress.com
门市零售：86-21-65102580　　团体订购：86-21-65104505
外埠邮购：86-21-65642846　　出版部电话：86-21-65642845
上海丽佳制版印刷有限公司

开本 890×1240　1/32　印张 8.75　字数 196 千
2020 年 9 月第 1 版第 1 次印刷

ISBN 978-7-309-15127-5/I·1234
定价：58.00 元

如有印装质量问题，请向复旦大学出版社有限公司出版部调换。
版权所有　　侵权必究